「노빈손 사기 1 맹상군열전」 초판 1쇄 쿠폰

노빈손 홈페이지(**www.nobinson.com**)에 오셔서 쿠폰번호를 등록하시면
온라인 포인트로 **머리카락 500가닥**을 드립니다.
온라인 포인트를 모아서 노빈손 상품으로 교환하실 수 있습니다.
홈페이지 접속 후 로그인하여 로그인 박스에 있는 '**쿠폰등록**'을 클릭!

도서쿠폰은 **초판 1쇄**에 한하여 제공합니다.
(쿠폰 유효 기간은 6개월입니다. 2012년 3월 25일 ~ 2012년 9월 25일)

S325-JW149-HPJYU-V2
0S2-3710

노빈손 사기 1
맹상군열전 : 사람을 품는 자, 천하를 얻으리니

초판 1쇄 발행 2012년 3월 25일

지은이 박은철
일러스트 이우일
펴낸이 고영은 박미숙

상무 김완중 | 편집장 인영아
뜨인돌기획팀 이준희 김영은 김현정 홍신혜 | 어린이기획팀 이경화 이슬아 여은영
세모길기획팀 박경수 이진규 | 디자인실 김세라 오경화
마케팅팀 이학수 오상욱 진영수 김은숙 | 총무팀 김용만 고은정

펴낸곳 뜨인돌출판(주)
출판등록 1994.10.11(제313-2011-185호)
주소 121-840 서울시 마포구 서교동 396-46
홈페이지 www.ddstone.com | 노빈손 홈페이지 www.nobinson.com
블로그 blog.naver.com/ddstone1994
대표전화 02-337-5252 팩스 02-337-5868

ISBN 978-89-5807-371-0 03810
(CIP제어번호 : CIP2012001222)

노빈손 **사기** 1

맹상군열전

사람을 품는 자, 천하를 얻으리니

뜨인돌

"앞으로는 사람들이 전화기를 들고 다니면서 서로 얼굴을 보며 통화를 하는 날이 올지도 모릅니다."

"에이, 그럴 리가요."

이것은 제가 초등학생 때 선생님과 반 친구들이 수업 시간에 나눈 대화 중 한 토막입니다.

저도 그런 일은 한 100년은 지나야 가능한 일이 아닐까 생각했었죠. 한데 그 시절 공상 과학 소설에나 나오던 것들이 지금 대부분 현실로 나타나는 것을 보며 깜짝깜짝 놀랄 때가 많습니다. 그만큼 과학 기술이 눈부시게 발달하고 있다는 것이며 앞으로 그 속도는 훨씬 더 빨라지겠죠?

그런데 사람들은 그것 때문에 행복해지는 것은 아닌가 봅니다. 문명이 첨단으로 달려가면 갈수록 잃어버리는 것도 많아지고 미래에 대한 불안감도 더 커져 가기 때문이겠죠.

그러기에 사람은 누구이며, 인간다운 삶이 무엇이며, 어떻게 행동하는 것이 옳은 것인지, 왜 이웃과 세상과 더불어 살아가야 하는지, 다가올 미래에 필요한 안목과 지혜를 어디서 얻을 것인지 고민을 하면서 살아야 할 것입니다.

우리는 지나간 역사의 자취에서도 그 질문들에 대한 많은 해답을 얻을 수 있습니다. 그래서 역사를 배우고 그 기록들을 직접 읽어 보는 것은 매우 의미 있는 일입니다.

세상에는 헤아릴 수 없이 많은 역사책들이 있습니다. 『사기』는 참으로 특별한 역사책입니다. 왜냐하면 저자인 사마천이 오직 하나의 이유, 즉 역사를 기록으로 남기기 위해 보통 사람으로선 상상하기 힘든 정신적, 육체적 고통을 이겨 내면서 자신의 모든 것을 바쳐 기록한 책이기 때문입니다.

그가 펼쳐 보이는 역사의 무대를 보면 영웅호걸들만 등장하는 것이 아니라 평범하거나 약한 사람들, 무시당하거나 실패한 사람들도 주인공으로 조명을 받습니다.

맹상군과 그의 식객들 이야기도 그런 내용입니다.

이번엔 우리의 노빈손이 그들을 만나러 떠납니다. 온 중국이 혼란스러웠던 춘추전국시대로 말이죠.

역사를 가장 잘 공부하는 방법은 바로 그 시대의 생생한 현장 속으로 들어가 보는 것입니다.

이제 노빈손을 따라 개성 넘치는 매력 만점의 맹상군 식객들을 만나 울고 웃으며 신나는 역사 모험을 떠나 볼까요? 아마 여행을 마치고 나면 여러분은 귀중한 삶의 지혜들을 발견할 수 있을 것이고 또 덤으로 100여 개가 넘는 한자성어를 자연스럽게 알 수 있게 될 거예요.

자~ 준비됐나요? 그럼 노빈손과 함께 춘추전국시대로 고! 고!

2012년 2월 미국 테네시 시골에서 박은철

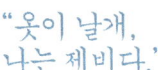

"옷이 날개, 나는 제비다."

| **연희** 燕姬 | 호호백발이 되어도 자신만은 물찬 제비일 거라 믿는 허영기 충만한 여인. 외모적 결함을 명품 치장으로 커버하여 소양왕 애첩 순위 부동의 1위에 오름. 옷에 꽂히면 물불을 안 가리는 코트홀릭. 모피 감정 능력 당대 최고수. 소양왕 정책의 최종 결재자.

"내 사전에 포기란 없다. 무한도전!"

| **노빈손** | 소나기를 피해 토관 속으로 들어갔다가 전국시대로 떨어진 위기 탈출 전문가이자 세상 모든 음식이 맛있다는 사랑스런 식신. 최근에는 레이더망을 자가장착하고, 초저렴 B급 정보 수집 중. 좌충우돌 사건을 일으키다가 맹상군 패밀리 대 탈출극에서 빛나는 역할을 함.

"저 높은 곳을 향하여!"

| **모함해** 毛咸害 | 진나라의 대신. 외국인 노동자 출신으로 자수성가하여 요직에 오른 입지전적인 인물. 머리털[毛] 한 올이라 할지라도 내 것 남 주는 것을 모두 [咸] 해[害]로 여김. 재상 승진 영순위였으나 맹상군에게 밀리자 신하들을 선동하여 맹상군 패밀리 제거 작전을 진두지휘함.

"팔로~미."

| **맹상군** 孟嘗君 | 본명은 전문(田文), 제나라 재상 전영과 천한 신분의 어머니 사이에서 태어남. 출생에 걸린 저주를 스스로 떨쳐 낸 능력자. 현직 재상에서부터 잡범들에 이르기까지 팔로워만 3,000명에 달함. 엄청난 포용력의 소유자인 반면 뒤끝이 작렬하고 상황 변화에 따라 극도의 소심함과 공포 증세를 숨길 수 없는 B형 남자.

"개판인 내 인생"

| **허석희** 許石熙 | 전직 개 털이 전문범. 절도 동작이 워낙 빨라 허용된[許] 짧은 시간 안에 부싯돌[石] 불빛이 번쩍이듯[熙] 함. 절도죄로 시베리아 지방으로 추방당했던 전과가 있음. 각종 개들과 의사소통이 가능할 뿐 아니라 눈빛 제압 신공도 터득함. '개' 과천선하고 나서 애견 체인점을 운영하려는 꿈을 가지고 맹상군 패밀리에 가입했음. 훔치고 싶은 본능을 꾹 누른 채로 맹상군 댁 개들을 훈련시키고 있음.

"세계 제일의 팔랑귀"

| **소양왕** 昭襄王 | 진시황제의 증조부. 전국시대 말기 최강대국인 진나라의 왕으로 야심만만하나 귀가 얇아 결정적일 때 다른 사람들의 말에 좌우됨. 사람이든 물건이든 명품을 선호하고 집착하는 편집광. 좌우명은 '남의 말 잘 들으면 자다가도 떡이 생긴다'.

"인간 복사기"

| **제록수** 諸錄守 | 모든[諸] 소리를 녹음[錄]해 두고 있다가[守] 다시 트는 것처럼 완벽 재생 가능한 성대모사의 종결자. 남 흉내 내느라 16년 동안 한 번도 자신의 목소리를 내 본 적이 없는 따라쟁이. 절정의 예능 감각을 자랑하는 행사 전문가이나 말석에서 벗어나지 못함.

"일단 한번 잡쉬 봐."

| **육년근** 陸年根 | 땅[陸]에서 해마다[年] 나는 모든 식물들의 뿌리[根]는 약이다, 라는 신념을 가진 생약초 전문가. 돌팔이라는 곱지 않은 시선을 이겨 내고 기능성 의약품 3종 세트로 대박을 침. 세상 모든 종족들을 건강하게 만든다는 뜻인 종건당(種健堂)이란 호를 스스로 붙여 부름.

"와타시와 가라데쓰."

| **가라** 賈羅 | 바다에서 표류하다 중국으로 흘러들어온 왜구 출신의 위조의 달인. 장사[賈]를 시작하고 정교하게 짝퉁 비단[羅] 제조로 막대한 부를 축적하다 적발된 후 모든 재산을 빼앗기고 제나라로 귀화함. 웬만하면 안 쓰려고 했던 위조 능력을 꼭 써야 하는 순간을 맞이하는데…….

"통산 방어율 제로"

| **곽막자** 郭莫子 **형제** | '법대로가 아니면 성곽[郭]을 절대 나가게 할 수 없다[莫]. 쥐새끼[子] 한 마리라도!'를 외치며 사는 융통성 제로의 함곡관 관리소장. 두 동생 곽막아郭莫兒, 곽막기郭莫其와 함께 단순 무식 과격의 삼박자를 고루 갖추고 최종 쓰리백 수비라인 형성 중.

"딴죽 걸기 일인자"

| **리서치** 李西治 | 출세한 벼슬아치[李]가 되어 최소 서쪽[西] 한 곳은 다스리는[治] 자가 되자는 뜻의 이름을 가진 맹상군의 심복. 뻐기기 대장. 식객 중 유일한 정보 검색 요원이었으나 노빈손의 등장으로 자신의 비중이 약해질까 봐 노심초사하며 사사건건 노빈손에게 딴죽을 건다.

"절망은 내 친구"

| **어세신** 魚世新 | 아버지의 원수를 갚고 죽어 가던 물고기[魚]가 물을 만난 것처럼 세상[世]을 새롭게[新] 만들어 보겠다고 결심을 하고 뼈를 깎는 훈련으로 인간 병기가 된 킬러. 하지만 허무하게 발각되어 사형선고를 받고 복역 중이다가 노빈손을 만나 희망을 발견한다.

차
례

춘추전국시대를 알려 주마!

중국 최초의 왕조가 무슨 나라인지 아는 사람? 맞아요. 바로 하(夏)나라였어요.

하나라는 걸왕(桀王) 때 망하고 다음 왕조인 은(殷)나라는 주왕(紂王) 때 망하는데 걸왕과 주왕은 '걸주'라고 해서 폭군의 대명사처럼 불립니다.

두 사람은 각기 '말희'와 '달기'라는 미녀에게 빠져 나라를 엉망으로 만들었고 결국 다스리던 나라가 망하게 됐죠.

은나라에 이어 주(周)나라가 세워지는데 이때는 영토가 어마어마하게 커지고 인구 또한 엄청나게 늘어나서 왕 한 사람이 다 다스리기 몹시 어려워지게 됩니다. 그래서 주나라는 왕이 다스리는 직할지(直轄址)를 제외한 전 토지를 왕의 혈족과 공신들에게 나눠 주고 제후로 임명했어요. 그 대신 제후들은 주나라에 세금을 내고 군대를 제공했죠.

이런 제도를 무엇이라고 하는지 맞혀 볼까요? 시험에도 잘 나오는 중요한 용어인데…….

땡똥! 역시 듣던 대로 노빈손 독자들은 똑똑하군요. 바로 봉건 제도입니다.

그런데 유왕(幽王) 때 '포사'라는 여자가 공물로 바쳐지면서 주나라도 하나라, 은나라가 망할 때와 비슷한 상황에 처해요. 천하일색의 포사는 한 번도 웃지 않았다고 해요. 그런데 하루는 봉화가 피어오르자 각 제후국에서 군사들이 모여드는 것을 보고 웃은 거예요. 봉화는 천자(왕)가 북쪽 오랑캐의 공격을 받았을 때 제후들의 군대를 불러모으기 위해 피우는 거예요. 그때부터 유왕은 수시로 봉화를 피워 올렸습니다. 포사의 웃음을 보기 위해서였죠. 제후들은 슬슬 화가 나기 시작했어요. 그리고 결국 일이 터졌습니다.

견융족이 수도인 호경으로 쳐들어오자 유왕이 봉화를 급히 피워 올렸는데 어떤 제후도 군사를 보내지 않은 겁니다. 그로 인해 호경은 함락되었고 주나라는 동쪽 낙양(洛陽)으로 수도를 옮겼으나 변방의 작은 나라로 전락하고 말았어요.

이렇게 주나라 왕실 중심의 봉건 제도가 무너지자 제후국들 간에 치열한 패권 다툼과 토지 쟁탈전이 벌어져 전쟁이 끊이지 않는 약육강식의 시대가 오고 말았죠. 이 시기를 바로 춘추전국시대라고 합니다.(BC 770~BC 403~BC 221, 약 550여 년간 이어짐)

춘추전국시대는 춘추시대와 전국시대를 합해서 부르는 말입니다.

공자(孔子)가 편찬한 역사서인 『춘추(春秋)』에 등장하는 시기가 춘추시대(BC 770~BC 403), 한나라 때 유향(劉向)이 기록한 역사서인 『전국책(戰國策)』(BC 403~BC 221)에 나오는 시기가 전국시대죠.

굳이 둘로 나누는 이유는 혼란의 모습이 다르기 때문이랍니다.

춘추시대는 왕실을 존중하고, 서로 힘을 합쳐 오랑캐를 물리치기도 하는 등 봉건 제도도 어느 정도 유지되었지만 전국시대에 이르면 패권 다툼이 보다 치열해져서 170여 제후국이 7개(이른바 전국칠웅)로 재

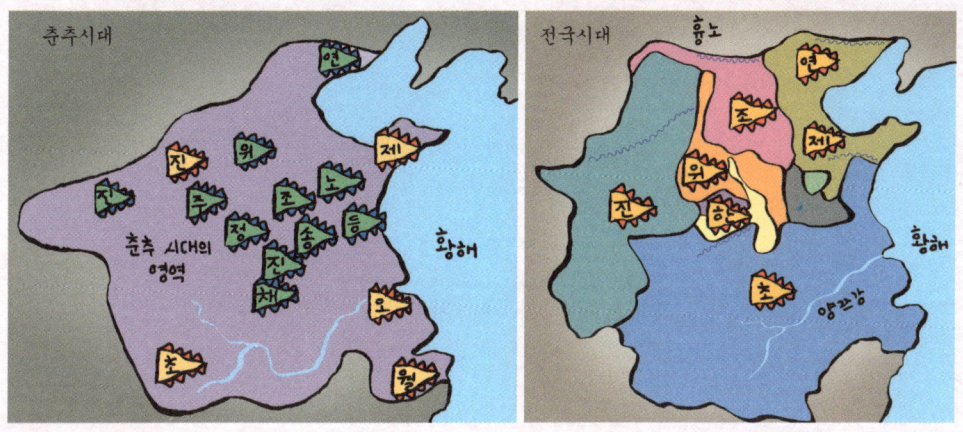

노란 깃발로 표시한 나라는 막강한 나라들이어서 동양고전에 자주 나오니, 기억해 두면 좋아요.

편됩니다. 그래서 싸움[戰]이 그치지 않는, 제후가 다스리던 땅[國]이란 뜻에서 전국시대가 된 거죠.

춘추전국시대는 주나라가 낙양으로 옮긴 때부터 진시황제가 통일한 시기까지라고 이해하면 제일 쉬울 겁니다.

요즘은 강자도 약자도 없이 혼전을 거듭히거나 승패나 순위를 가릴 수 없는 상황을 비유하여 춘추전국시대라고 하더군요.

중국 역사의 여러 시대 중에서 가장 격동의 시기인 춘추전국시대는 정치, 사회, 경제를 비롯한 모든 분야에서 획기적인 변화가 일어난 시기입니다. 수많은 나라가 생겼다가 사라지는 과정에서 다양한 문화권이 대립, 융합, 발전하여 오늘날 중국의 원형이 만들어졌습니다.

춘추전국시대에는 우리가 아는 유명한 인물들이 대거 등장하죠. 공자, 맹자, 장자 등의 고대 중국 철학자들이 이 시기에 맹활약을 했습니다. 이 학자들과 학파를 제자백가(諸子百家)라고 해요. 이렇게 다양한 학문이 발전한 이유는 잦은 전쟁에서 살아남을 수 있도록 나라를 강하게 만들 수 있는 정책을 세워야 했고 나라를 발전시킬 바른 제도와 인재가 필요했기 때문입니다.

맹상군은 바로 이 전국시대 사람입니다. 맹상군 역시 전국시대 혼란의 소용돌이 속에 휘말리게 되는데요. 노빈손의 도움으로 어떻게 헤쳐 나오는지 지켜봐 주세요.

처음 맹상군이 좀도둑과 닭 울음소리를 잘 내는 사람을 빈객
으로 삼았을 때, 다른 빈객들은 모두 같은 자리에 앉는 것을
부끄러워했다. 그런데 맹상군이 진나라에서 곤경에 처했을
때 이 두 사람이 그를 구하였다. 그 뒤 빈객들은 너 나 할 것
없이 마음속 깊이 맹상군을 따르게 되었다.

서곡

"이제 이 사람이 마지막 후보입니다."

맹상군은 인사 담당 참모가 가리키는 사람을 보았다.

초가집 천장에 새끼줄로 매달아 놓은 메주처럼 얼굴빛이 누렇게 뜬 사내가 맹상군에게 다가왔다.

피곤이 스멀스멀 피어오른 얼굴로 맹상군이 물었다.

"그래, 자네는 무슨 재주가 있는가?"

사내는 침을 튀겨 가며 자신의 재주를 설명하기 시작했다.

"네, 저는 물만 마시고도 언제 어디서든 방귀를 뀔 수 있습니다. 마음만 먹으면 큰 거 한 방은 물론, 다연발 발사도 가능하고 또 음계를 갖추어 연주까지 할 수 있지요. 향기의 농도도 조절할 수 있다는 게 믿어지십니까?"

맹상군은 어이없다는 듯 미간을 찌푸렸다.

"방귀? 그 내적 갈등의 외적 분출, 쌍바위골의 비명, 가죽피리 소리, 찌꺼기 없는 똥 말이냐?"

"네, 제 방귀 소리 한번 들어 보시겠어요? 아마 방귀에 대한 인식이 달라지실 거예요."

호언장담豪言壯談한 그는 심호흡을 크게 한 번 한 다음 엉덩이를 쏙 내밀고 하복부에 힘을 주었다.

호언장담

호걸 호豪 | 말씀 언言 | 장할 장壯 | 말씀 담談 분수에 맞지 않는 말을 큰 소리로 자신 있게 말한다는 뜻으로, 호기롭고 자신 있게 큰소리칠 때 이르는 말이다. 예) 짜장면 곱빼기를 5분 안에 먹겠다고 호언장담하더니, 30분째 먹고 있냐?

豪言壯談

뿌~웅.

뿡부뿡뿌~뿡부~ 뿡부르뿡부 뿡부~.

뿌라라라 뿌라밤~~.

과연 크게 한 방과 다연발이 가능하다는 말이 허풍이 아니었다. 그러나 면접장 분위기는 싸늘해져 갔고 눈치 없는 그는 저 혼자 신이 나서 계속 주절거렸다.

"이게 다냐? 천만의 말씀, 만만의 콩떡. 이제 제 비장의 호신용 필살기를 보여 드리겠습니다. 독기체 살포!"

피시시~~~~이이익~~~.

냄새가 소리 없이 퍼져 순식간에 공기 중 메탄가스 함유 수치를 급격히 높여 놓자 면접장 안 모든 사람들은 숨도 제대로 못 쉬고 비명을 질렀다.

"컥, 그만! 질식하겠다. 우웩, 우웩."

"내 평생 이런 지독한 냄새는 처음이야."

"농도 조절 기능 인정할 테니 제… 제… 발 살포를 중지해!"

모두 한바탕 호흡 곤란 증세를 겪고 나서 어느 정도 진성이 되자 인사 담당 참모가 맹상군에게 물었다.

"으이구, 이젠 별 녀석이 다 들어오려고 하네. 구리기 이를 데 없구먼. 맹상군 님 어떻게 할까요?"

맹상군은 코를 싸쥐고 있던 손으로 수염을 크게 한번 쓸어내리며 천천히 말했다.

"방귀로 연주할 생각을 하다니, 정말 기상천외奇想天外하군. 우

奇
想
天
外

기상천외

기특할 기奇 | 생각 상想 | 하늘 천天 | 바깥 외外 보통 사람은 짐작할 수 없을 만큼 생각이 기발하고 엉뚱하다는 뜻이다. 잘만 하면 창의적일 수도 있는데, 발명가나 예술가들 중에 이런 사람이 많다. 예) 쓰레기봉투로 옷을 해 입다니, 더럽긴 하지만 어쨌든 기상천외한 발상이군!

린 어떤 재능이라도 다 귀하게 여기네만 자넨 여기 들어오는 것보다는 의원을 찾아가서 속병부터 치료하는 게 우선인 거 같네. 얼굴색도 그렇고……. 특히 소화기 쪽 전문 의원에게 가 보게나."

사내는 머쓱하게 머리를 긁적이며 돌아섰다.

"그럼, 저 방귀 제조 전문가를 탈락시키면 우리 식객은 총 이천구백구십구 명으로 확정됩니다."

"알겠네. 삼천 명을 채우지 못한 게 아쉽긴 하지만 어쩔 수 없지. 그동안 수고 많았소, 다들."

맹상군은 쓴 입맛을 다시며 자리에서 일어섰다. 그때였다.

"잠~~깐~~만~~요오~!"

저 멀리 붉은 노을로 곱게 물드는 하늘 아래에서 뽀얀 먼지를 일으키며 거의 광속으로 달려오는 사람이 있었다. 해를 등지고 달려와 그늘진 앞모습은 잘 보이지 않았지만 삐죽삐죽 솟은 네 가닥의 머리카락은 확실하게 보였다.

"헥헥헥… 아이고 숨 차라. 저어 저 여기가 맹상군 님 댁 식객 면접 장소가 맞나요? 아직 해가 서산에 완전히 떨어진 것은 아니니, 마감 전 맞죠? 저는 자타공인自他共認 대한민국 표준 미남 노빈손이라고 하는데요, 저도 식객이 꼭 되고 싶습니닷!"

과연 해는 지평선에 아슬아슬 가장자리만 얹은 채 아스라하게 금빛을 발하고 있었다.

"노빈손이라고?"

맹상군은 노빈손을 위아래로 쓱 한번 훑어 보고는 너털웃음을 터

自
他
共
認

자타공인

스스로 자自 | 다를 타他 | 한 가지 공共 | 알 인認 자기나 남들이 다같이 인정한다는 뜻이다. 예) 말숙이는 계속 자타공인 꽃미녀라고 우긴다. 아니라고 했다간 주먹 세례를 맛보게 될 것이다.

트렸다.

"참 특별한 외모를 가졌군. 자네 얼굴을 보고 긴장하거나 경계하는 사람은 없을 거 같네. 푸헐헐헐."

"왜요, 제 얼굴이 어때서요? 이 개성 넘치는 헤어 스타일에 누구에게나 무한한 평안을 리필해 주는 신비한 용모가 부러우면 솔직히 부럽다고 하세요. 부럽다고 꼭 지는 건 아니랍니다. 하하하."

"이 친구 넉살 한번 좋군, 그래. 상대를 무장 해제시키는 얼굴 말고 무슨 재주가 있나?"

"네, 저는 보시다시피 우주 최강의 비주얼에다가 풍부한 해외 체류 경험으로 익힌 국제 감각, 그리고 죽을 고비를 숱하게 넘기면서 생겨난 순발력과 생존력을 갖추었습니다. 또 왕성한 호기심으로 누구보다도 더 많이, 누구보다도 더 빨리 유용한 정보들을 긁어모아 맹상군 님께 수시로 보고 드리겠습니다."

"그걸 뭘로 증명할 텐가?"

맹상군은 그동안 자신의 집 앞에 장사진長蛇陣을 이루었던 수많은 지원자들과는 뭔가 다른 느낌이 있는 노빈손에게 호기심이 일기 시작했다.

"죄송하지만 맹상군 님의 일급비밀도 이미 알고 있지요."

"일급비밀?"

노빈손은 맹상군의 귀에 낮게 속삭였다.

"네, 기품 있게 차려입고 계시지만 왼쪽 엉덩이에 큰 점이 있잖아요. 그것도 두 개씩이나."

장사진

길 장長 | 뱀 사蛇 | 진 칠 진陣 예전 병법에서 한 줄로 길게 벌이던 진법으로, 많은 사람들이 뱀처럼 줄을 지어 길게 늘어서 있는 모양을 나타낼 때 쓴다. 쉬는 시간 매점 앞에서 발견할 수 있는 풍경이다. 예) 한류 스타 노빈손의 사인회에 수많은 팬들이 장사진을 이뤘다.

일순간 면접장의 분위기가 술렁거렸지만 맹상군은 눈썹 하나 꿈쩍하지 않았다. 사람들은 차마 대놓고 웃지 못하고 웃음을 삼키느라 끅끅거렸다.

"에헴, 에헴."

헛기침 소리로 웃음을 감추는 사람도 있었다.

맹상군은 태연자약泰然自若하게 자세 하나 흐트러뜨리지 않았지만 노빈손은 보고 말았다. 팔걸이를 잡고 있던 맹상군의 오른손 새끼손가락에 미세한 경련이 일어나는 것을.

저의 정보 수집 능력은 '제임스 본드' 뺨친다니깐요!

노빈손은 신나게 말을 이어갔다.

"그리고 막 입수한 따끈따끈한 정보도 있습니다."

볼살이 양쪽으로 늘어져 인자해 보이는 맹상군의 얼굴이 일순간 긴장감으로 굳어졌다.

"또…, 뭐가 있다는 거냐?"

"오늘 점심 식사가 닭고기였죠?"

"그… 그걸 어떻게 알았지?"

태연자약

클 태泰 | **그럴 연然** | **스스로 자自** | **같을 약若** 마음에 충동을 받아도 동요하지 않고 평소와 같다는 뜻이다. 예) 저런 점수를 받고도 태연자약하다니, 쟤는 심장이 돌로 만들어졌나 봐.

泰然自若

아니, 능력은 알겠는데 본드를 왜 빰에 발라?

저 '구글'같은 녀석이!

'구글'이 뭐얌?

사람들이 또다시 술렁거렸다.

"여기 오기 전에 시장에서 털 뽑힌 닭들이 수레에 가득 실려 가는 걸 봤지요. 시장의 크기에 비해 지나치게 많은 양으로 보였어요. 그렇다면 십중팔구十中八九 식구가 제일 많은 맹상군 댁 조리실밖에 납품할 데가 없었을 거 아닙니까. 맞죠?"

"별걸 다 관심을 가지고 봤군."

맹상군은 머리를 끄덕였다.

"그리고 결정적인 단서! 그건 바로…, 맹상군 님 입에서 나는 닭 튀김 냄새!"

"헉스!"

맹상군은 순간 자신의 입 냄새 분출을 막기 위해 황급히 입술을 오므렸다.

'음…, 오늘따라 양치하는 게 귀찮더니만 별게 다 밝혀지네.'

"아무튼 저 정말 열심히 할 테니 합격시켜 주세요. 그리고 남은 닭

십중팔구

열 십十 | 가운데 중中 | 여덟 팔八 | 아홉 구九 열에 아홉이란 뜻으로, 열 가운데 여덟이나 아홉이 된다는 말이다. 즉, 거의 다 됨을 가리키거나, 거의 예외 없이 그러할 것이라는 추측을 나타낼 때 쓴다. 예) 우리 반 애들은 십중팔구가 아침을 안 먹고 학교에 온다.

十中八九

고기 좀 먹게 해주시면 안 될까요? 양념이든 후라이드든 백숙이든 괜찮으니 먹게 해주세요. 전 월급도 별 관심 없고요, 항상 배만 부르면 돼요. 이런 저야말로 진정한 식객 아니겠어요? 먹을 식(食)! 손님 객객(客)!"

노빈손은 너스레를 떨었다.

"하하하! 자네 넉살이 대단하군. 하나같이 싼 티 폴폴 나는 정보들뿐이지만 혹시 모르지, 자네 같은 사람도 하나 있으면 도움이 될지. 여보게들, 이 친구 받아 주는 게 어떻겠나? 정보 검색 일 시키면 될 것 같은데."

그러자 주변 참모들의 반대가 빗발쳤다.

"경력 화려하고 날고 긴다는 자들도 아직 밥값조차 못하는 마당에 이런 구상유취 口尚乳臭 애송이를 받아 줘서 뭐 하시게요. 그냥 남 뒷조사나 하면서 살라고 그러세요."

"맹상군 님, 저 녀석에게 엉덩이 점 말고 또 약점 잡힌 거 있으세요?"

맹상군의 오른편에 서 있던 사내는 유독 흥분해선 얼굴이 홍당무처럼 빨갛게 달아오른 채 말했다.

"지… 지… 금, 저… 정보 검색이라고 하셨습니까? 그건 제가 담당하고 있는 거 모르세요? 매사 완벽한 일 처리를 자랑하는 저를 두고 저 녀석을 또 뽑아서 뭐 하시게요. 빨리 내쫓으세요."

맹상군이 졸린 듯 반쯤 감긴 눈으로 대답을 했다.

"이보게, 리서치(李西治). 자네 무슨 말을 그렇게 하나? 자네 밑에

구상유취

입 구口 | 오히려 상尙 | 젖 유乳 | 냄새 취臭 입에서 아직 젖내가 난다는 뜻으로, 말이나 행동이 유치할 때 혹은 상대를 얕잡아 볼 때 쓰는 말이다. 흔히 젖비린내가 난다, 머리에 피도 안 말랐다 등과 같은 의미로 사용한다. 예) 포털사이트에서 댓글로 싸우기나 하고, 너도 참 구상유취구나.

口
尙
乳
臭

보조 한 명 두면 좋지, 뭘 그래."

맹상군은 입이 오리 주둥이처럼 튀어나온 리서치를 본체만체하고는 하품을 하며 눈을 비볐다.

"내 생각에도 별거 없는 녀석일 거 같긴 하지만, 혹시 아는가? 언제 저런 재주도 요긴하게 쓰일지 말이야. 그리고 어쨌든 삼천 명을 채우게 되니 좋잖나. 이젠 지친다 지쳐. 마감 좀 하자고. 채용 끝! 이제 우리 집에 더 이상의 식객은 없다!"

맹상군의 단호한 선언에 면접 천막은 철거되기 시작했고 합격을 최종 확인한 노빈손은 환호작약歡呼雀躍했다.

"얏호! 감사합니다. 맹상군 님, 이 은혜 최고급 정보 수시 제공으로 보답하겠습니다."

환호작약

기쁠 환歡 | 부를 호呼 | 참새 작雀 | 뛸 약躍 기뻐서 소리치며 참새처럼 깡총깡총 뛰는 것을 뜻한다. 오디션에서 1등을 하거나, 로또에 당첨된다면 이런 행동이 절로 나오지 않을까? 예) 어제 말숙이는 찜질방 노래자랑에서 인기상을 받고 환호작약했다.

맹상군은 누구인가?

맹상군은 전국시대 제(齊)나라의 왕족으로 진나라, 제나라, 위나라의 재상을 했던 사람입니다. 성은 전(田), 이름은 문(文). 그의 아버지는 설(薛)이란 지방의 영주인 전영이었죠. 전영은 제나라 위왕(威王)의 막내아들로 그에게는 40명의 아들이 있었어요. 전문은 그중에서도 신분이 천한 첩의 아들이었죠.

전문이 5월 5일에 태어나자 아버지 전영은 "길러서는 안 된다. 내다 버려라"라고 전문의 어머니인 첩에게 말했습니다.

5월 5일에 태어난 아이가 남자면 그 아버지를 해롭게 하고, 여자면 그 어머니를 해롭게 한다는 속설이 있었거든요.

그러나 첩은 전영 몰래 전문을 키웠어요. 전문이 성인이 되었을 때, 전영은 이 사실을 알게 됐습니다. 화가 머리끝까지 치민 전영은 전문의 어머니를 나무랐어요.

"내가 내다버리라고 했는데 왜 길렀소?"

그러자 전문이 앞으로 나아가 공손히 머리를 땅에 조아리며 말했죠.

"죄송하옵니다만 5월 5일생을 기르지 말고 내다버리라고 한 이유를 들려주셨으면 합니다."

"5월 5일에 출생한 아들은 키가 문설주 높이에 닿을 만하게 되면 어버이를 죽인다고 하기 때문이다."

"그럼 사람의 목숨은 하늘에서 받은 것일까요, 아니면 문설주에서 받은 것일까요?"

전문의 질문에 아버지 전영은 대답을 하지 못했습니다.

"운명이 하늘에 달린 것이라면 아버님께선 아무런 걱정을 하실 필요가 없습니다. 어차피 발버둥쳐도 하늘이 정한 시기에 죽을 테니까요. 하지만 만약 문설주에 있는 것이라면 문설주를 높여서 키가 닿지 않게 하면 그만이 아니겠습니까?"

"알겠다."

전문의 똑부러진 말에 전영은 더 이상 말을 잇지 못했습니다.

그후, 전문은 기회를 엿보아 아버지에게 이렇게 간언했습니다.

"아버님께서는 제나라의 재상으로서 3대째 왕을 모셔 왔습니다. 그

동안 제나라 영토는 조금도 넓어지지 않았지만 아버님의 개인 집은 만금의 부를 쌓았습니다. 그럼에도 문하에는 어진 이가 한 사람도 없습니다. 장군의 가문에서는 반드시 장군이 나고, 재상의 집안에서는 반드시 재상이 난다고 들었습니다. 한데 지금 아버님의 후사는 과연 어떻습니까? 아버님을 모시고 있는 첩들은 찬란한 비단 옷자락을 땅에 끌고 다니고 노비들까지도 고기에 싫증을 느끼는 호화스런 생활을 하고 있습니다. 그런데 지금 제나라는 선비들과 사대부들도 굶주리고 있는 실정입니다. 아버님께서는 이토록 많은 재산을 이런 상황을 전혀 모르는 자손에게 물려주실 작정입니까? 이렇게 아버님의 배만 불리고 있는 사이, 나라 꼴은 말이 아니게 됩니다. 죄송한 말씀이지만 저는 걱정이 되어 견딜 수가 없습니다."

이 얘기를 듣고 나서 전영은 아들 전문이 훌륭한 인재라는 걸 알아 봤습니다. 그래서 집안일 일체를 맡기고 식객을 접대케 했죠. 식객은 나날이 늘고, 전문의 이름은 여러 나라에 널리 알려졌습니다. 전영은 여러 제후들의 요청을 받아들여 전문을 후계자로 삼았어요. 전영이 죽고 나자 전문은 아버지의 뒤를 이어 설 지방의 영주가 되었습니다. 이 사람이 바로 맹상군입니다.

맹상군은 여러 곳에서 식객들을 불러 모았습니다. 식객들은 공부를 많이 했거나 특별한 재주를 가진 사람들로, 영주나 큰 학자들의 문하에서 두뇌 집단 역할을 하면서 정치적 힘을 실어 주었습니다.

맹상군은 식객들을 무척이나 아끼고 그들과 함께하는 것을 즐거워했다고 합니다. 그런 소문이 퍼지자, 죄를 짓고 도망 중이던 자까지 모여들었죠. 맹상군은 자신의 재산을 털어 그들을 극진히 대접했습니다. 전국 각지에서 모인 식객의 수는 3,000명에 달하여 천하의 선비들이 죄다 설 지방으로 모여든 것 같았죠. 사회 여러 계층의 어중이떠중이들이 모였지만 맹상군은 그들의 재주를 아끼고 평등하고 진솔하게 대했다고 합니다.

맹상군의 명성은 곧 이웃 진나라에까지 퍼지게 되고, 그로 인해 생각지도 못한 위기를 맞게 됩니다.

자, 어떤 위기가 그에게 다가올까요? 실체를 드러내는 위기, 이제 곧 시작됩니다.

1장

떴다!
맹상군
패밀리

우리가 아무리 똑똑하긴 해도 넌 못 따라가 대두야.

이 남자가 사는 법

"이런 고리타분하고 재미없어 보이는 책을 읽고 리포트를 써야 하다니!"

노빈손은 『사기』라는 제목의 책을 한쪽 옆구리에 끼고는 투덜대며 길을 걷고 있었다.

툭! 툭!

갑자기 누군가가 머리를 건드리는 듯한 느낌이 들더니 뒤이어 거센 빗줄기가 온몸을 마구 때렸다. 노빈손은 책으로 머리를 덮을까 잠깐 고민했지만 말숙이의 화난 얼굴이 떠올라서 이내 포기했다. 말숙이가 깨끗하게 안 보면 가만 안 두겠다고 협박하며 빌려 준 책이었기 때문이다.

노빈손은 책이 젖을까 봐 감싸 안은 채 비 피할 곳을 찾아 뛰었다. 마침 하수도 공사장 근처에 토관들이 쌓여 있는 것이 보여 그 안으로 잽싸게 들어갔다.

"비가 그칠 때까지 책이나 볼까?"

노빈손은 토관 안에 주저앉아 아무 데나 펼쳐 읽기 시작했다. 짤막한 이야기들이 의외로 흥미진진 興味津津 했다.

"오호, 이거 무협지 같기도 한 것이 꽤 재밌는데?"

어둑한 토관 안에서 노빈손은 눈에 불을 켜 가며 한참이나 읽어 내

興味津津

흥미진진

일 興 | 맛 미 味 | 넘칠 진 津 | 넘칠 진 津 흥미가 넘칠 만큼 많다는 뜻이다. 너무 재미있는 노빈손을 볼 때 쓸 수 있는 적절한 표현이다. 예) 어제 그 책을 읽다가 너무 흥미진진해서 밤을 새웠지, 뭐야.

려갔다.

얼마나 지났을까, 빗소리는 조금씩 잦아들었다.

노빈손은 들어온 입구의 반대편으로 나왔다.

"으악!"

노빈손은 대경실색 **大驚失色**했다. 눈앞에 털 뽑힌 닭들이 주렁주렁 매달린 수레가 연이어 지나가고 있었기 때문이다.

그러곤 이내 중국 무협 영화에서 봤던 풍경이 펼쳐졌다. 화려한 장신구며 비단, 채소, 온갖 먹을거리를 파는 가게들이 즐비한 시장이었다. 왁자지껄한 소리가 각종 향신료와 기름 냄새와 버무려져 귀와 코를 자극해 왔다.

"음… 이번엔 고대 중국으로 왔나 보군."

노빈손은 곧 정신을 차리고 중국의 어느 시대인지 확실하게 알아보기 위해 열심히 두리번거렸다.

퍽!

갑자기 노빈손의 눈앞에 별들이 사방으로 튀었다.

"이봐! 이봐! 정신 차려! 딸꾹……."

희끗희끗한 산발 머리에 머리띠를 두른 노인이 땅바닥에 쓰러진 노빈손을 흔들며 혀가 반쯤 꼬부라진 목소리로 외쳤다. 코가 빨갛고 허리춤에 호리병을 달고 있는 것으로 보아 술을 거나하게 걸친 듯했다.

"어휴, 술 냄새."

잠시 기절했던 노빈손은 지독한 냄새에 정신을 차렸다.

"누구냐, 너는? 끄윽…, 혹시 나의 무술을 전수받고 싶어서 일부러

대경실색

클 대大 | 놀랄 경驚 | 잃을 실失 | 빛 색色 몹시 놀라 얼굴빛이 변한다는 뜻이다. 비슷한 의미로 '놀라서 얼굴이 허옇게 질렸다' 같은 말이 있다. 예) 쓰나미급 파도가 덮쳐 오자 피서객들은 대경실색했다.

부딪친 거냐? 내가 제나라 무술의 일인자이긴 하다만, 어쩌지? 이 몸은 이미 맹상군 댁에 식객으로 묶인 몸이라 제자를 받을 수 없는데."

"제나라? 맹상군? 혹시 『사기』에서 읽었던 그 사람? 식객을 삼천 명이나 거느렸다던 재상을 말하는 건가요?"

"딸꾹, 아직 이천구백구십구 명인데? 뭐 삼천 명째 식객을 구한다고 하니, 곧 삼천 명이 되겠구나."

"식객을 구한다고요? 식객이 되면 공짜로 먹여 주고 재워 주는 거 맞죠?"

마침 사고무친四顧無親 신세였던 노빈손은 맹상군의 식객으로 들어가면 먹고 자는 걱정은 안 해도 될 것 같다는 생각이 들었다.

"왜, 너도 식객에 응모하시게?"

"네! 맹상군 댁 식객이 되어서 꼭 할아버지의 제자가 되고 싶은데 어떻게 하면 될 수 있나요?"

"야, 안 돼~에! 생각을 해봐. 식객? 식객하려면 특별한 재주가 있어야 하는데 언제 재능 발굴하고 언제 재주 익힐래? 어? 어? 안 돼! 합격하려면 나 정도 수준은 돼야 해. 너 같은 애들은 면접 보면 '개뿔도 없어서 불합격입니다' 이런다니까! 딸꾹."

노인은 목에 핏대까지 세우며 흥분하더니 벌떡 일어서서는 갈지자로 제자리걸음을 걸으며 손가락을 닭발 모양으로 모으고 손목을 꺾은 채 팔을 이리저리 휙휙 내둘렀다.

"적어도 요 정도는 돼야지."

"앗, 이건 무협 소설에서 자주 보았던 절정의 고수들만이 구사한다

사고무친

넉 사四 | 돌아볼 고顧 | 없을 무無 | 친할 친親 사방을 돌아보아도 친척이라곤 아무도 없다는 뜻으로, 의지할 만한 데가 전혀 없다는 말이다. 예) 홀로 세계 여행을 떠났을 때 아프면 사고무친 신세라 어디 얘기할 데도 없고 그래서 더 서럽더라고.

四顧無親

는 팔선취권이닷! 할아버지, 아니 사부님, 식객 될 방법 좀 알려 주세요. 그래야 사부님에게 팔선취권도 사사할 거 아니에요. 네?"

처음 만난 사람에게 사부님 소리를 듣자 기고만장氣高萬丈해진 노인은 주위를 잠시 둘러보더니 노빈손의 귀를 잡아끌고 속삭였다.

"이건 나만 아는 사실인데 말이다. 맹상군의 좌측 둔부에는 흑점 두 개가 있지. 끄으으윽."

노빈손은 트림에 곁들여 나오는 지독한 술 냄새를 피해 얼른 얼굴을 돌리고 말했다.

기고만장

기운 기氣 | 높을 고高 | 일만 만萬 | 길이 장丈 기운이 만 장이나 뻗치었다는 뜻으로, 일이 뜻대로 잘될 때, 우쭐하여 뽐내는 기세가 대단함을 이르는 말이다. 예) 발차기를 잘한다는 칭찬에 기고만장해져서 이단옆차기를 계속하다가 허리를 삐끗하고 말았어.

"그런데요?"

"이 정보를 어떻게 활용할지는 네가 알아서 해야지. 딸꾹."

노인은 붙잡을 틈도 없이 시장 사람들 사이로 휘적휘적 사라져 버렸다.

 ## 나는 식객이다

"와, 이건 집이 아니라 완전히 성이야 성! 세상에 이렇게 큰 집은 처음 본다."

당당히 삼천 번째 식객이 된 노빈손은 맹상군의 집을 둘러보고 탄성을 내뱉었다.

삼천 명의 식객들을 다 수용하고 있는 고대광실 高臺廣室에 놀라지 않을 수 없었다. 각 건물의 처마는 날아갈 듯 유려한 곡선을 그리며 끝이 하늘로 치켜 올라가 있고 끝이 보이지 않는 회랑을 떠받치고 있는 붉은 기둥들은 마치 일렬로 도열한 호위 무사들처럼 강인해 보였다.

재주 하나만 있으면 신분의 고하를 막론하고 다 식객으로 받아 준 맹상군의 포용력으로 집안 곳곳에는 다양한 재주의 식객들로 넘쳐나고 있었다.

고대광실

높을 고高 | 대 대臺 | 넓을 광廣 | 집 실室 높은 누대와 넓은 집이라는 뜻으로 크고 좋은 집을 가리킨다. 예) 아무리 고대광실에 살아도 집안이 화목하지 않으면 아무 소용이 없는 법이야.

高臺廣室

그 가운데 노빈손은 삼천 번째이자 최연소 식객이었다.

"이 사람들을 다 먹여 살리는 맹상군은 정말 대단하고 대단한 인물이야."

노빈손은 자신이 전국시대 최고 명문가의 마지막 식객으로 당당히 들어오게 된 것이 믿기지 않았다. 그렇다면 자신이 맹상군의 화룡점정畵龍點睛인 셈이니까 말이다.

노빈손이 들어간 첫날 저녁은 식객 최종 선발을 자축하는 연회가 벌어졌다. 한꺼번에 삼천 명의 밥을 짓느라 피어오르는 연기는 장관이었다. 마당 곳곳에 밤을 밝히려 모닥불을 피우다 보니 캠프파이어 같은 장면이 연출되었다. 악사들은 멋지게 연주를 하고, 춤꾼들이 흥을 돋웠다.

분위기가 고조되자 늑대개처럼 뻐드렁니가 난 독한 인상의 사내가 개 여러 마리를 데리고 나와 갖가지 재주를 펼쳐 보였다. 마치 서커스 공연의 조련사 같았다.

사람들이 노빈손에게 그가 전직 개 도둑이었다고 귀띔을 해주었다.

"네? 이름이 허석희(許石熙)라고요?"

이름을 듣고 노빈손은 터져 나오려는 웃음을 꾹 눌렀다.

'그러고 보니 얼굴이 꼭 시베리안 허스키처럼 생겼는데 말야……. 만약 부모님이 이름을 불독이라 지었으면 어땠을까? 큭큭큭.'

몹쓸 상상을 하다 노빈손은 머리를 휘휘 내저었다.

'정말 흉하군.'

사나워 보이는 개들은 마치 잘 훈련된 군대처럼 허석희의 명령을

화룡점정

그릴 화畵 | 용 룡龍 | 점 점點 | 눈동자 정睛 용을 그린 다음 마지막으로 눈동자를 그려 넣었더니 그 용이 승천했다는 고사에서 유래. 가장 요긴한 부분을 마쳐 일을 완벽하게 끝냈거나, 약간의 문구나 사물을 첨가해 전체가 활기를 띨 때 쓴다. 예) 후식인 아이스크림은 점심의 화룡점정이었다.

그대로 따랐다. 허석회가 모닥불 위에 둥근 고리를 매달더니 손을 들었다가 내렸다. 그러자 개들이 일사불란一絲不亂하게 둥근 고리 속을 통과하며 모닥불 위를 뛰어넘었다.

"와아~, 잘한다! 멋지다 멋져!"

식객들은 휘파람을 불며 열렬히 환호했다. 노빈손 역시 감탄사를 연발하며 손바닥에 불이 나게 박수를 쳤다.

눈빛이 초롱초롱한 개들은 다들 영리해 보였다. 특히 가장 덩치가 큰 녀석은 누런 털이 유난히 윤기가 좌르르 흐르는 게 색깔만 다르지 독일의 유명한 경호견인 로트와일러와 비슷해 보였다.

녀석을 보자 노빈손은 무의식적으로 외할아버지께서 누렁이를 보며 늘 하시던 말을 내뱉고 말았다.

"앗따, 그놈 참 맛있것구마이~."

순간, 초대형 누렁이가 번개처럼 노빈손에게 달려들었다.

너무나 순식간에 일어난 일이라 허석회가 말릴 틈도 없었다. 갑작스런 공격에 넘어졌던 노빈손이 일어나 달아나려 하자 누렁이가 뒷다리로 땅을 박차고 솟구쳐 오르더니 노빈손의 머리를 노리고 덮쳐 왔다.

"엄마야, 사람 살려욧!"

새파랗게 질린 노빈손이 다급하게 외쳤다.

"크아아앙."

그 위기일발危機一髮의 상황에 어디선가 지축을 흔드는 듯한 호랑이의 포효가 들렸다.

一絲不亂

일사불란

한 일一 | 실 사絲 | 아닐 불不 | 어지러울 난亂 한 오라기의 실도 흐트러지지 않았다는 뜻으로 질서나 체계 등이 잘 잡혀 있는 것을 이른다. 예) 티비에서 국군의 날 행사를 봤더니, 군인들이 일사불란하게 행진하는 모습이 멋있었다.

누렁이는 그 소리를 듣자마자 얼른 노빈손의 머리를 놓고는 경기를 하듯 땅에 떨어져 몸을 부르르 떨며 신음했다.

"깨개~앵, 깨앵."

그러고는 꼬리를 양 가랑이 사이에 넣고는 부리나케 달아났다.

주변은 아수라장이 되었고 사람들도 겁에 질려 비명을 지르며 여기 저기로 황급히 흩어졌다.

"여러분, 접니다, 저예요! 호랑이가 아니에요. 겁먹으실 필요 없어요."

한 사내가 허둥대는 사람들을 붙잡고 진정시키며 말했다.

"제가 낸 소리라고요! 내참!"

두 눈이 가운데로 심하게 쏠렸고, 입이 돌출되어 개미지옥 같은 외모를 지닌 그는 제록수(諸錄守)라는 자였다.

그는 놀랍게도 모든 소리를 마치 복사기처럼 그대로 복사해 내는 성대모사의 달인이었던 것이다.

"아~~~ 효. 내 머리가 아직 몸에 붙어 있나 누가 좀 봐 줘요. 아이고 나 죽네, 나 죽어."

노빈손은 머리통을 감싸쥐고 고래고래 소리쳤다.

"거, 젊은이 알았네, 알았으니 좀 진정하게나."

제록수는 황급히 누군가를 데리고 왔다.

제록수가 불러 온 사내는 노빈손의 머리에 난 상처에 약초를 으깨 덧바른 후 환약 몇 개를 쥐어 주었다.

"아가야, 넌 정말 행운아니라. 막차로 식객이 되더니 이번에도 용케

危機一髪

위기일발

위태할 위危 | **틀 기機** | **한 일一** | **터럭 발髮** 머리털 한 가닥으로 천 균(18톤 정도)이나 되는 물건을 끌어당긴다는 뜻으로, 당장이라도 끊어질 듯한 순간을 묘사한 말이다. 예) 노빈손은 목숨이 위험한 위기일발의 상황에서도 언제나 유머를 잃지 않는다.

무사하구나. 아가야, 네 머리가 조금만 더 작았다면 으스러졌을 것이야. 이런 초대형 얼굴로 태어나게 해준 부모님께 감사하여야 하느니라. 아가야, 그리고 혹 파상풍이 생길지 모르니 당분간 이거 떼면 안 되느니라. 절대 안정이 필요하니 식후에 이 안정환(安定丸) 한 알씩 꼭 챙겨 먹도록 하고. 알겠느냐, 아가야?"

노빈손을 어린 환자처럼 대하는 사내는 육년근(陸年根)이라며 자기 소개를 했다.

허석희도 황급히 달려와 노빈손의 상태를 확인했다. 그는 말할 때마다 과하게 코를 훌쩍거렸다.

"쿵쿵, 네가 노빈손이냐? 쿵. 우리 개가 이런 짓을 하다니, 미안하다. 훌쩍. 그런데 참 이상하다. 내가 키우는 개들은 나와 교감 없이는 그 어떤 사람에게도 달려들지 않도록 철저히 훈련된 개들인데. 쿵쿵. 지금까지 한 번도 사고를 낸 적이 없는데 이런 미증유未曾有의 사태가 일어나다니 어찌된 영문인지 모르겠구나. 훌쩍."

허석희는 미안함에 안절부절 못하고 애꿎은 코만 문질렀다.

"난리 났네, 난리 났어."

구경하는 사람들을 헤치고 리서치가 나타났다.

未曾有

미증유

아닐 미未 | 일찍 증曾 | 있을 유有 지금까지 아직 한 번도 있어 본 적이 없다는 뜻이다. 예) 이번 일은 역사 이래 미증유의 사건이라 모두들 관심이 대단하지.

　"하여튼 말석의 인간들은 어디 가나 말썽을 일으키는군. 이번엔 뭐야? 이거 완전히 개~판이구면. 맹상군 님은 왜 이런 인간들을 뽑았는지 몰라. 무용지물無用之物들 같으니라고!"

　상석에서 맹상군의 오른팔 노릇을 하고 있는 그는 말석의 식객들을 무시하고 깔보는 걸로 유명했다.

　"빨리 개똥들 치우지 않고 뭐해, 뭐하냐고! 마당에서 쓸데없이 어슬렁거리지 말고 숙소로 돌아가 발 닦고 잠이나 자!"

　리서치의 등장으로 잔치는 그렇게 끝나 버렸다.

무용지물

없을 무無 | **쓸 용用** | **어조사 지之** | **만물 물物** 아무 소용이 없는 물건이나 아무짝에도 쓸데없는 사람을 뜻하는 말이다. 막상 무용지물로 여겼던 것이 갑자기 필요해졌는데 눈에 안 보이면 '개똥도 약에 쓰려면 없다'고 투덜대기도 한다. 예) 나에게 수학 교과서는 무용지물이야. 수학 포기했거든.

無用之物

맹상군은 괴로워

"아, 어떻게 하는 것이 좋단 말인가? 가야 하나 말아야 하나."

맹상군이 집무실에서 심각한 표정으로 혼자 중얼거리고 있었다.

두문불출杜門不出한 채, 식음을 전폐하고 골똘히 생각에 잠긴 지 벌써 이틀. 결국 맹상군의 행동이 심상치 않음을 눈치채고 식객들이 리서치를 중심으로 대표단을 구성하여 맹상군의 집무실로 찾아왔다.

"도대체 곡기까지 끊으시고 이토록 고민하시는 이유가 무엇인지요? 이러다 쓰러지기라도 하실까 너무 염려가 되어서 찾아왔습니다. 대체 무슨 이유 때문이신지, 속 시원히 말씀 좀 해주시지요."

맹상군은 눈 밑에 깊은 다크 서클을 드리운 채 한숨을 푹 쉬었다. 오른손 새끼손가락에서는 미세한 경련이 또다시 일고 있었다. 불안하면 으레 나타나는 증상이었다.

맹상군은 터덜터덜 문서 보관장으로 가더니, 죽간 하나를 꺼내 찾아온 식객들에게 보여 주었다.

"아니 이것은?"

식객들의 눈이 휘둥그레졌다. 그것은 바로 진나라 소양왕의 스카우트 제의 공문이었다.

"내가 고민한 것은 이것 때문이네. 그러나 이제 나의 마음은 분명해졌네. 나는 진나라로 들어갈 생각이야. 그러니 그대들도 나를 따라 같

杜門不出

두문불출

막을 두杜 | 문 문門 | 아닐 불不 | 날 출出 문을 닫아 걸고 밖으로 나오지 않는다는 뜻으로, 집에 은거하면서 관직에 나가지 않거나 사회의 일을 하지 않는 걸 비유적으로 이르는 말이다. 예) 방학 때 춥다고 두문불출하지 말고 여행을 많이 다니며 견문을 넓히렴.

이 갔으면 하네."

갑작스런 제안에 식객들은 당황해서 서로의 눈치만 볼 뿐 아무 말도 하지 못했다.

잠시 후, 리서치가 겨우 입을 열었다.

"이는 우리끼리 결정할 것이 아니라 모든 식객들의 의견을 들어 봐야 할 것 같다는 게 저의 천재적 판단입니다요."

그날 오후 긴급한 사안을 접한 맹상군네 식객들은 모두 서둘러 회의장으로 모여들었고 분위기는 자못 심각했다.

"뭐라고요? 맹상군 님이 진나라로 가신다고요? 이건 장고 끝에 악수를 두는 겁니다."

"쿨럭, 그 승냥이 떼같이 사나운 야만국 말입니까?"

식객 중 나이가 지긋해 보이는 사내가 천식이 있는지 마른기침을 섞어 가며 이야기했다. 어진 정치를 꿈꾸며 맹상군의 식객으로 들어온 노인정(魯仁政)이란 자였다.

"허허~~, 그놈들을 믿어서는 안 됩니다. 쿨럭, 뭐가 부족해서 거길 가시려는 건지. 제철 기술과 비단 직조술의 발명지요, 바닷물고기, 소금과 쌀이 풍부하게 나는 비옥한 우리 제나라에서 천년만년 살자고요. 쿨럭, 노마지지 老馬之智라고 했습니다. 이 늙은이 말에 귀를 기울여 주세… 쿨럭 쿨럭."

이어 누군가 벽에 걸려 있는 지도를 가리키며 핏대를 올렸다.

"여기 진나라의 지형을 한번 보세요. 사방이 꽉 막혀 있어 한번 들

노마지지

늙을 노老 | 말 마馬 | 어조사 지之 | 지혜 지智 늙은 말의 지혜라는 뜻으로, 연륜 있는 사람은 나름 장점과 특기가 있다는 말. 제나라 재상 관중이 산 속에서 길을 잃자 늙은 말을 풀어 그 뒤를 따라가 길을 찾았다는 고사에서 비롯. 예) 한 살이라도 많은 내 말을 들어. 노마지지를 무시하지 말라니까.

老馬之智

어가면 빠져나오기 힘든 지옥 입구 같은 곳입니다. 가시면 안 돼요."

다른 식객들도 한마디씩 거들었다.

"문화 수준이 중원 제일인 우리 제나라와는 달리 진나라는 무식하게 말 몰고 다니면서 소나 양을 치는, 소똥 양똥 냄새만 진동하는 곳이란 말이에요. 그런 곳에 왜 가시려고 해요!"

"그 단순 무식 과격한 인간들이 우리를 불러다가 무슨 짓을 할지 모르잖아요."

그러나 한창 강국으로 뜨고 있는 진나라에서 천하를 호령하는 것도 해볼 만한 일이라 여긴 걸까, 맹상군은 식객들의 주청을 무시하고 한사코 진으로 갈 것을 주장했다.

이때, 집사가 뛰어 들어왔다.

"저, 회의 중에 죄송한데요. 맹상군 님, 어떤 사람이 찾아와서는 자신이 소진의 동생이라며 한사코 들여보내 달라고 하는뎁쇼. 회의 중이라 안 된다고 말려도……."

사내는 그새를 못 참고 집사를 밀쳐 내며 들어섰다.

허름하게 옷을 입긴 했으나 눈빛이 형형한 그는 전국시대 극강의 언변을 자랑하며 장의와 함께 유세객 능력치 순위에서 1, 2위를 다투던 소진(蘇秦)의 아우 소대(蘇代)였다. 소진은 특히 탁월한 외교술로 이름이 높았다. 연나라를 치려던 조나라 왕에게 가서 '어부지리漁父之利' 이야기를 들려주어 연나라를 구해 낸 주인공이기도 했다.

소대도 형과 같은 유전자를 지닌 까닭으로 형 못지않은 능력을 가지고 있었다.

어부지리

고기 잡을 어漁 | 아비 부父 | 어조사 지之 | 이로울 리利 둘이 다투는 틈을 타서 엉뚱한 제3자가 이익을 가로챈다는 뜻. 황새와 조개가 다투는 틈을 타 어부가 둘 다 잡았다는 얘기에서 비롯. 소진이 연나라와 조나라가 싸우면 진나라만 이롭게 할 뿐이라고 조나라 왕을 설득하며 이 예를 들었다.

漁父之利

맹상군은 이미 마음을 정했기 때문에 소대의 등장에도 꿈쩍하지 않았다.

"어험, 자네가 뛰어난 인물임은 익히 들어 알고 있소. 그러나 이래 봬도 나는 인간사의 모든 일을 꿰뚫고 있는 사람이오. 다만 내가 모르는 것이 있다면 그것은 귀신 세계의 일뿐이지. 그러니 나를 설득하려고 할 작정이라면 일찌감치 포기하고 돌아가는 게 좋겠소."

맹상군은 미리 일침을 놓고는 돌아앉았다. 토포악발吐哺握髮해 주길 기대한 건 아니지만 너무 차가운 반응에 소대는 살짝 기분이 상했다. 허나 굴하지 않고 자신의 주무기인 이야기로 설득하기 기법을 구사하기 시작했다.

"저는 바로 그 귀신 세계의 일을 말씀드리려는 참입니다. 오늘 아침 여기로 오는 도중에 복숭아나무로 만든 인형과 황하의 흙으로 만든 인형이 주고받는 이야기를 들었습니다. 참 희한한 일 아닙니까?"

심드렁하게 앉아 있던 맹상군과 노빈손을 포함한 식객들은 이 말에 강한 호기심이 일었다. 대체 소대가 무엇을 말하려고 그런 엉뚱한 이야기를 꺼내나 싶어서였다. 소대는 말을 이어갔다.

"나무인형이 먼저 흙인형을 보고 불쌍하다는 듯 말했습니다.

'쯧쯧… 8월 호우가 내려 황하가 범람하면 너는 낭패겠구나. 어떡하나?'

그러자 흙인형이 가당찮다는 듯이 대답했죠.

'나야 흙에서 났으니 비가 오면 허물어져 다시 흙으로 돌아가겠지만, 걱정할 건 오히려 네가 아니냐. 범람한 강물을 따라 천지 사방 어

토포악발

토할 토吐 | **먹을 포哺** | **움켜쥘 악握** | **터럭 발髮** 입안의 음식을 뱉어 내고 감던 머리카락을 움켜쥔다는 뜻으로, 손님을 극진히 대접하는 모습을 일컫는다. 예) 나를 너희 팀에 데려가려면 토포악발도 시원치 않을 판에 본 척도 안 하냐?

吐 哺 握 髮

디로 떠내려갈지 알지도 못하겠구먼, 뭐.'"

여기까지 말한 소대는 잠시 침묵을 지키며 맹상군을 바라보았다.

"그 이야기가 나하고 무슨 상관이 있다는 게요?"

궁금증이 인 맹상군이 몸을 돌리며 입을 열자 소대가 기다렸다는 듯이 미소를 머금고 말했다.

"진은 천하의 강국이요, 그 속으로 가는 것은 호랑이 아가리로 들어가는 것과 같습니다. 공께서 굳이 돌아올 수 없는 길을 떠나려고 하시니 갈 곳을 모르는 나무인형의 형편과 같고, 장차 흙인형의 비웃음을 살까 염려됩니다."

비로소 맹상군이 무릎을 치며 웃었다.

"하하핫. 소대 그대는 역시 그 명성 그대로이군. 기막힌 비유와 예리한 지적 감사하오. 알겠소. 그대의 제안을 심사숙고深思熟考 하리다."

이리하여 맹상군은 진나라로 들어가는 것을 다시 생각해 보기로 했다.

하지만 며칠 후, 맹상군은 식객들이 모두 모인 자리에서 다시금 진나라 이야기를 꺼냈다.

"고민해 봤는데 말이오, 앞으로 제나라의 장래를 생각해 보면 좋든 싫든 진나라와의 교류 없인 우리도 뻗어 나가기 힘들 거요. 삼고초려三顧草廬까지 하면서 러브콜을 했는데 이런 다시없는 기회를 놓치기는 좀……."

심사숙고

깊을 심深 | **생각 사思** | **익을 숙熟** | **생각할 고考**　깊이 생각한다는 뜻으로 신중하게 곰곰이 생각하는 것을 이른다. 예) 노빈손은 심사숙고한 끝에 짜장면과 짬뽕 가운데 짜장면을 먹기로 했다.

"그리도 고민이 되시면, 이러면 어떨깝쇼?"

맹상군의 오른팔인 리서치가 톡 끼어들었다.

"만약을 대비해서 진나라를 정탐하고 오는 겁니다. 정탐할 요원을 선발해서 보내는 거죠. 지금 지도에는 진나라로 가는 길이 너무 멀고 복잡하게 나와 있잖아요. 그러니 정탐꾼을 선발해서 가는 길도 새롭게 개척하고 진나라의 현 정세도 파악하고 오게 하는 거죠. 어때요, 제 생각이? 역시 난 천재야."

맹상군의 늘어진 볼살이 일순간 팽팽해지며 눈이 반짝였다.

"오호, 그거 정말 좋은 생각이네. 그래 그러면 되겠군."

맹상군은 사람들을 둘러보며 물었다.

"향후 우리 조직의 미래를 책임지는 영광을 안을 자는 손을 들어 보시오."

말이 끝나기가 무섭게, 모든 식객이 맹상군과 눈이 마주칠세라 일제히 고개를 푹 숙였다.

그때 마침, 노빈손의 눈앞에 왕파리 한 마리가 윙윙 대며 맴돌다 콧잔등에 앉았다. 간지러움을 참다못한 노빈손은 파리를 내쫓아 버리려고 손을 휘저었다.

그 순간 맹상군의 입이 함지박만 해졌다.

"오, 그래! 모수자천毛遂自薦인가, 노빈손 군? 그렇지! 이런 일은 세계 여러 나라를 돌아다녔다는 정보 탐색 전문가에게 딱이겠군! 내 진작부터 자네 얼굴에 흐르는 방랑기를 주목하고 있었지. 그리고 자네처럼 표준 이하의 외모가 오히려 정탐에는 더 도움이 될 것 같군

모수자천

터럭 모毛 | 이룰 수遂 | 스스로 자自 | 천거할 천薦 모수가 스스로를 천거했다는 뜻. 자기가 자기를 추천하는 것을 이르는 말. 일의 앞뒤도 모르고 나서는 사람을 비유하기도 한다. 예) 이번에 오락부장 뽑는데, 말숙이가 모수자천했대. 주먹이 무서워서 다른 후보들은 아예 입후보도 안 했대.

그래."

맹상군은 환하게 웃으며 당황한 노빈손을 바라보았다.

"아니, 저는 그게 아니라 파리가……."

"그래, 자네가 가 준다면야, 고맙지. 지원은 빵빵하게 해줄 테니까 한번 도전해 보게."

그러자 곁에 있던 리서치가 펄쩍펄쩍 뛰었다.

"주군, 제가 말한 건 특수요원 선발입니다. 저 말석의 애송이가 어떻게 노련하게 탐색을 합니까? 더구나 저 특이한 얼굴 때문에 바로 들킨다니까요!"

"허허, 아무도 자원 안 하는데 노빈손이 혼자 손을 든 거 못 봤는가? 난 말석이라도 저런 호연지기浩然之氣를 가진 인물이 좋아."

"좋아요, 백 번 양보해서 노빈손이 능력자라고 치자고요. 근데 제아무리 용빼는 재주를 가졌더라도 혼자서는 불가능한 일이에요. 만약 성공하면 제 손에 장을 지져요, 장을. 실패한다에 제 직함을 걸겠습니다."

"아, 아니요, 저도 그렇게까지 가고 싶은 생각은……."

노빈손의 외침이 맹상군과 리서치의 귀에는 들리지 않는 듯했다. 둘이 한참을 옥신각신하고 있는데 허석희가 벌떡 일어섰다.

"제가 노빈손과 같이 가겠습니다. 킁킁."

"엥?"

"우리 막내 빈손이가 큰 결심을 했는데, 도원결의桃園結義한 형제로서 이 형이 그냥 있을 순 없죠. 킁킁."

호연지기

클 호浩 | 그러할 연然 | 어조사 지之 | 기운 기氣 굽히지 않고 흔들리지 않는 바르고 큰 마음, 하늘과 땅 사이에 가득 찬 넓고 큰 정기, 거침없이 넓고 큰 기개를 뜻한다. 예) 신라 시대의 화랑들은 산에서 수련하며 호연지기를 길렀다.

浩然之氣

"아가야, 나도 같이 갈 테니 건강 염려는 붙들어 매도록 하거라."

"내가 빠지면 무슨 재미? 나도 꼭 갈 겨."

육년근과 제록수도 따라 일어섰다.

"아, 이게 아닌데……."

상황은 자꾸 이상하게 돌아가고 있었다.

"음하하핫!"

맹상군이 호탕하게 웃으며 말했다.

"그래, 좋네. 자네들은 지도상의 길이 맞는지, 혹시 변경된 길이 있는지, 지름길은 어디인지만 알아보고 돌아오시게. 성공하면 큰 상을 주겠네. 아, 그리고 말보다는 낙타가 장거리 여행하기엔 더 나을 거네."

맹상군은 지도가 그려진 비단 한 폭과 튼튼해 보이는 낙타 네 마리를 내어주며 당부했다.

"오가는 길이 아주 멀고 험하다고 하네. 몸가짐 단단히 하고 각별히 조심하게. 이제 자네들은 나의 특수요원들이란 말일세."

桃園結義

도원결의

복숭아 도桃 | 동산 원園 | 맺을 결結 | 옳을 의義 도원에서 의형제를 맺는다는 뜻으로, 말뜻 그대로 의형제를 맺거나 혹은 뜻이 맞는 사람끼리 하나의 목적을 이루기 위해 행동을 같이하기로 약속하는 것을 이른다. 예) 삼국지에서 관우, 유비, 장비가 도원결의하는 장면은 정말 멋지더라고.

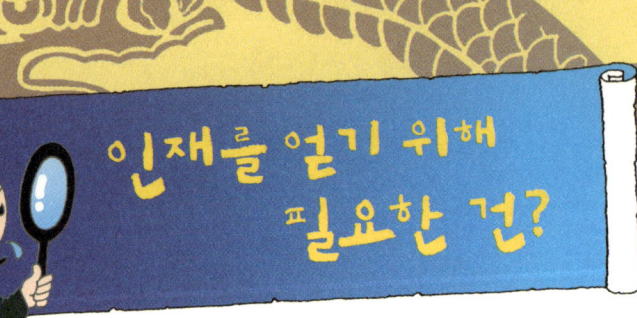

뛰어난 인재를 찾아내는 좋은 방법 중 하나는 오디션을 여는 것입니다. 짧은 시간에 각양각색의 재주를 가진 인재들이 자신의 역량을 보여 주면 심사위원들이 매의 눈으로 숨겨진 능력자를 찾아내는 거죠.

맹상군 역시 오디션을 통해 다양한 재주를 가진 인재들을 뽑았습니다. 개 도둑, 성대모사의 달인, 돌팔이 약장수 등등 말이죠. 물론 노빈손도 뽑혔습니다. 한데 과연 그들이 진정한 인재가 맞을까요? 뛰어난 인재를 얻기 위해 맹상군에게 필요한 건 무엇이었을까요?

◉─ 매의 눈으로 인재를 발굴하라!

낭중지추囊中之錐

주머니 낭 | 가운데 중 | 어조사(~의) 지 | 송곳 추

주머니[囊] 속[中]에 들어 있는 송곳[錐]은 언젠가 그 끝의 뾰족한 부분이 천을 뚫고 나오는 것처럼 뛰어난 능력을 지닌 인물은 기회만 주어지면 그 역량을 발휘할 수 있다는 말이다.

중국 전국시대의 조(趙)나라에서 이야기는 시작됩니다. 왕족이었던 평원군(平原君)은 어진 성품에 손님을 좋아해 조나라의 재상을 지내면서 수천 명의 식객들을 거느리고 있었습니다.

당시 막강한 힘을 키워 가던 서쪽의 진(秦)나라가 동쪽의 여러 나라들을 침략한 데 이어 조나라의 수도 한단을 포위하자 조나라는 남쪽의 초(楚)나라와 연합을 하기 위해 평원군을 사신으로 보냅니다.

평원군은 함께 떠날 뛰어난 인물 20명을 뽑습니다. 식객들 가운데 19명을 뽑고 난 후 한 명을 더 뽑으려고 보니 적임자가 없어 고민이 됐죠. 그때 모수(毛遂)라는 사람이 앞에 나서며 자신을 데려가라고 스스로 추천을 하는 것이었습니다. 이에 평원군은 모수에게 이렇게 질문합니다.

"어진 선비의 처세란 마치 송곳이 주머니 속에 있는 것과 같아서 그 끝이 보이기 마련인데, 자네는 나의 문하에 기거한 지가 3년이나 지났는데도 내가 아직 이름을 들어 보지 못했네. 자네는 무슨 능력이 있는가?"

그러자 모수가 기다렸다는 듯이 대답을 했습니다.

"저는 오늘에야 처음으로 주머니 속에 넣어 주기를 바랄 뿐입니다. 만약 일찍 주머니 속에 넣어 주셨다면 비단 송곳 끝만 보였겠습니까? 송곳 자루까지 모두 내보여 드렸을 것입니다."

이와 같이 호언장담하는 모수의 말을 믿고 평원군은 모수를 일행에 참여시켜 초나라로 들어갔습니다.

협상이 지지부진하게 진행되고 있을 때 과연 모수가 박차고 나와 초나라 왕을 꾸짖으며 뛰어난 언변으로 협상을 단판 짓습니다.

돌아오는 길에 평원군은 이렇게 이야기합니다.

"내 다시는 선비의 관상을 보지 않겠다. 모 선생을 제대로 알아보지도 못했으니 말이다. 모 선생의 무기는 단지 세 치의 혀였지만, 그 힘은 정말 백만의 군사보다도 더 강한 것이구나."

그러고는 모수를 후하게 대접했다고 합니다.

요즘을 자기 피알(PR:public relations) 시대라고 합니다. 자기 자신을 홍보하는 거죠. 그러나 그보다 우선시되어야 할 것은 게을리하지 않고 실력을 쌓는 것입니다. 그렇게 하고 있으면 언젠가는 기회가 올 것이고 그때는 과감하게 승부수를 던져야겠죠.

같은 이야기에서 모수자천(毛遂自薦)이라는 고사성어가 나왔습니다. 모수가 스스로 추천했다는 뜻이죠.

그렇다면 눈에 띄게 훌륭한 인재가 나타났을 때는 어떻게 해야 할까요?

◉― 감던 머리도 움켜쥐고 인재를 맞아라!

토포악발吐哺握髮

토할 토 | 먹을 포 | 움켜쥘 악 | 터럭 발

입안의 음식을 뱉어 내고 감던 머리카락을 움켜쥔다는 뜻으로, 손님을 극진히 대접하는 모습을 일컫는다. 또는 민심을 살피고 정무를 보살피느라 편안한 날이 없음을 이르기도 한다.

우엑~;;!

아뇨! 말숙이랑 점심 약속 있는데 ㄱ가먹고 밥을 먹어서…

저런~! 자네 점심 먹은 게 체했나?

먼저 먹은 거 알면 저 죽어요…

동서양의 역사에서 존경받는 인물들은 본인의 자질도 뛰어났지만 주변의 사람들을 잘 인정하고 존중할 줄 아는 사람들이었습니다.

중국 주(周)나라 왕조의 기초를 확립한 인물인 주공(周公)은 인재를 만나는 것을 최우선으로 했다고 합니다. 한번은 밥 먹을 때 인재가 찾아오자 세 번씩이나 먹을 것을〔哺〕 토해 내고〔吐〕 맞이했고, 한번은 머리 감을 때 인재가 찾아와 세 번씩이나 감던 머리를〔髮〕 움켜쥐고〔握〕 손님을 반겼다고 합니다. '토포악발'과 같은 겸허한 자세로 당대의 현명한 인재 모두를 곁에 두었고, 숭앙받는 인물이 되었던 것입니다.

하지만 아무리 반가이 맞으려 해도 뛰어난 인재가 꽁꽁 숨어서 찾

◉— 인재가 올 때까지 끈기 있게 설득해라!

삼고초려三顧草廬

석 삼 | 돌아볼 고 | 풀 초 | 오두막집 려
윗사람이 아랫사람을 여러 번 찾는다는 뜻으로, 인재를 맞이하기 위해 참을
성 있게 힘쓸 때 이르는 말이다.

우리가 잘 아는 『삼국지』의 등장인물 중 하나인 유비(劉備)는 원래 신발이나 돗자리를 만들어 팔던 사람이었습니다. 그런 그가 걸출한 장수인 관우(關羽), 장비(張飛)와 의형제를 맺고 무너져 가는 한(漢)나라의 부흥을 꿈꾸었습니다. 하지만 유비는 좀처럼 능력을 발휘할 기회를 잡지 못하고 천하를 바로잡기는커녕 유표(劉表)라는 겁쟁이에게 몸을 맡기는 처량한 신세로 전락하고 맙니다. 유비에게는 관우, 장비, 조운과 같은 당대 최고의 무장들이 있었는데도 변변한 공을 세우지 못하고 조조(曹操)에게 연전연패를 당했습니다. 그 이유는 유효적절한 전술을 발휘할 지혜로운 참모가 없었기 때문이었죠. 그 사실을 깨달은 유비는 그때부터 유능한 참모를 찾아다니기 시작했습니다.

그러던 어느 날 은둔 선비 사마휘(司馬徽)를 찾아갔더니 사마휘는

"복룡(伏龍:엎드려 있는 용)과 봉추(鳳雛:봉황의 새끼) 가운데 한 사람만 얻어도 천하를 도모할 수 있을 것"이라고 말했습니다. 유비는 그 복룡이 제갈량(諸葛亮)임을 알고 그를 맞으러 양양(襄陽)에 있는 제갈량의 초가집으로 찾아갔습니다. 허나 제갈량은 유비를 만나 주지 않았습니다. 관우와 장비는 버럭 화를 내며 그만두라고 유비를 말렸죠. 하지만 유비는 굴하지 않고 또 찾아갑니다. 세 번째 찾아갔을 때 유비는 비로소 제갈량을 만날 수 있었습니다. 제갈량이 27세, 유비가 47세였을 때의 이야기입니다.

'삼고초려'에는 유능한 인재를 얻기 위해서는 자존심을 버리고 인내심을 발휘해 온 정성을 다해야 한다는 뜻이 들어 있습니다. 물론 인재를 알아볼 수 있는 안목도 갖추어야겠죠.

제갈량은 이후 『출사표(出師表)』에서 자기를 찾은 유비의 지극한 정성에 감격하면서 이렇게 말했습니다.

"제가 어리고 비천한 신분임을 잘 아시면서도 싫어하지 않고 황송하게도 몸을 낮추어 누추한 제 초가집을 세 번씩이나 찾아 주셨습니다. 이 일로 저는 크게 감동을 받고 유비께서 계신 그곳으로 간 것입니다."

결국 제갈량은 유비의 참모가 되어 적벽대전에서 조조의 100만 대군을 격파하는 등 많은 공을 세웠습니다. 덕분에 유비는 촉한(蜀漢)이라는 나라를 세워 황제가 되었고요.

2장

최고의 특수 요원 노빈손

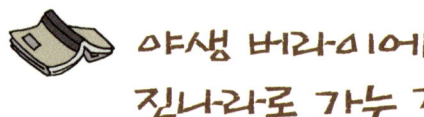

야생 버라이어티, 진나라로 가는 길

진나라가 있는 중국 서부 지역으로 가는 길은 일교차가 심했다. 윗니 아랫니의 상하충돌을 멈출 수 없는 밤 추위와 혀가 목젖까지 내려가게 만드는 낮 더위가 계속되어 노빈손 일행은 모두 지쳤지만 낙타들은 끄떡없었다. 메마른 풀과 가시덤불 같은 거친 먹이도 마다하지 않고, 황야의 거센 모래바람에도 보폭이 거의 일정했다.

낙타들은 진나라로 가는 동안 승용차이자 식량 및 연료 운반 창고, 그리고 네비게이션 역할까지 해주었다.

노빈손과 제록수, 허석희와 육년근은 편을 나누어 식사 당번 정하기 낙타 경주 시합을 벌이곤 했다.

동물들과의 교감에 능한 허석희가 속한 편이 잇달아 이기자 속수무책束手無策으로 당하던 제록수가 번뜩 묘안을 생각해 냈다. 낙타 새끼의 울음소리를 흉내 낸 것이다. 그러자 앞서 달리던 허석희 팀 낙타들이 황급히 뒤돌아 달려왔다. 낙타의 지극한 모성을 자극한 것이었다. 제록수와 한편을 이룬 노빈손은 이때를 놓치지 않고 앞질러 목표지점에 도착했다.

"와하하하, 이겼다."

"쿵쿵. 아, 이거 반칙이야. 다시 하자고, 훌쩍."

속수무책

묶을 속束 | 손 수手 | 없을 무無 | 꾀 책策 손이 묶여 어쩔 방법이 없다는 뜻으로 안 좋은 상황을 보고도 손쓸 수 없이 바라볼 수밖에 없는 경우에 쓴다. 예) 이불 안에서 따발총 방귀를 뀌다니, 속수무책으로 냄새를 맡을 수밖에 없잖아!

束手無策

"일단 밥부터 하시면 규칙 개정 논의를 해보겠습니다. 하하!"

이들은 이렇게 먼 길을 유쾌하고 즐겁게 가고 있었다.

노빈손은 낙타의 똥을 버리지 않고 말려 두었다가 조리할 때 땔감으로 사용하였는데 휴대용 연료로 손색이 없었다.

"육년근 아저씨, 이 똥으로 약 한번 안 만들어 보실래요? 대박 날 것 같은데. '신개념 허약 체질 개선제, 낙타의 지구력과 인내력을 그대에게!' 라고 광고하는 거예요. 인류 역사상 최초로 낙타 똥에서 추출한 신비의 영약이라 소문이 나서 이거 사려고 문전성시 門前成市

門前成市

문전성시

문 문門 | 앞 전前 | 이룰 성成 | 시장 시市 대문 앞이 시장을 이룬다는 뜻으로, 세도가나 부잣집 문 앞이 방문객들로 넘쳐 나는 모습을 가리킨다. 예) 그 동네의 호떡집은 너무 맛있어서 밤늦게까지 문전성시를 이룬대.

를 이룰지 누가 압니까. 하하."

육년근이 지구력을 길러 주는 비밀이 궁금하다며 낙타가 먹는 식물들을 유심히 관찰하고 똥 안의 섬유질을 뒤지는 것을 본 노빈손의 말이었다.

그러자 육년근이 고개를 끄덕이며 똥을 한 주머니 가득 실험관찰용으로 담았다.

갈증이 나는데 주변에 마실 물이 없으면 낙타의 젖을 짜서 마시기도 했다. 노빈손은 가죽부대에 담은 신선한 낙타 젖을 한 입 들이켜면서 천진난만天眞爛漫한 표정으로 말했다.

"캬아~~~, 우유보다 비타민C가 세 배나 많다더니 온몸의 세포들이 온통 정화되는 느낌이야."

 **뜻밖의 만남**

天眞爛漫

퉁탕 퉁탕 탕탕!
"여보세요, 여보세요. 저기 혹시 의원 없으신가요, 네?"
한낮 노빈손 일행이 무더위를 피해 잠을 자고 있는데 누군가 천막이 휘청거릴 정도로 다급하게 두들겼다.
"누구시오? 쿵쿵."

천진난만

하늘 천天 | 참 진眞 | 빛날 난爛 | 질펀할 만漫 천진함이 넘친다는 뜻으로, 말이나 행동에 아무런 꾸밈이 없이 그대로 나타날 만큼 순진하고 천진함을 이르는 말이다. 예) 너는 천진난만한 거니, 모자란 거니?

노빈손과 일행이 일어나 나와 보니 한 남자가 급히 의원을 찾고 있었고 사람 하나가 들것에 누워 눈에 흰자위를 드러내고 축 늘어져 있었다. 멀리서는 일단의 무리들이 말과 낙타에 나누어 타고 달려오고 있었다.

"저희 일행 중의 한 사람이 갑자기 의식을 잃고 쓰러졌어요. 더위를 심하게 먹은 탓일까요? 누가 아는 분 없으세요?"

다들 어쩔 줄을 모르고 발만 동동 굴렀다.

"거두절미去頭截尾하고 빨리 씨피알(CPR)을 해야 돼요."

환자를 본 노빈손이 말했다.

"엉? 새피알이 뭐야?"

사람들이 의아한 얼굴로 쳐다보자 노빈손이 팔을 걷고 나섰다.

"저리 비켜 보세요. 아무도 못하면 저라도 해야죠, 뭐."

노빈손은 땀을 뻘뻘 흘리며 인공호흡과 심폐소생술을 단계대로 실행하였다.

"이제 마지막 흉부 압박, 하나 둘 셋……."

잠시 후, 환자의 의식이 돌아왔다.

"휴우휴우."

"이야~~, 대단하다. 죽은 사람을 살렸어."

"편작(扁鵲)이 다시 세상에 내려왔다."

노빈손은 대번에 중국의 전설적 명의인 편작으로 불리게 되었다.

"죽은 사람을 살린 게 아니라 탈진한 사람이 의식을 찾은 것뿐이에요. 이런 건 의사가 아니어도 누구나 배우면 할 수 있어요. 대단하다

거두절미

없앨 거去 | **머리 두頭** | **끊을 절截** | **꼬리 미尾** 머리와 꼬리를 잘라 버린다는 뜻으로, 앞뒤의 잔소리를 빼놓고 요점만을 말하거나, 앞뒤를 생략하고 본론으로 바로 들어가는 것을 이르는 말이다. 예) 거두절미하고 얘기할게요. 제가 유리창 깼어요. 죄송해요

去頭截尾

면 〈노빈손 시리즈〉를 열심히 읽은 것뿐인데요, 뭘."

노빈손은 손사래를 치며 자신을 신격화시키려는 분위기를 애써 막았다.

그들은 조나라 사절단이었다. 대표를 맡고 있는 인상여가 노빈손 일행에게 감사의 말을 전했다.

"정말 고맙네. 당신들이 살린 저 사람은 우리 조나라에서 가장 유능한 지리학자 지오(池悟)라는 사람일세. 만약 어떻게 되었다면 대사를 그르칠 뻔했어. 십년감수十年減壽한 것 같네. 맹상군의 식객이라 들었는데 정말 훌륭하군. 맹상군은 아주 든든하겠어."

으쓱해진 노빈손 일행에게 인상여는 파격적인 제안을 해왔다.

"어차피 목적지가 같으니 우리 일행에 합류하는 것이 어떤가? 여기부터는 도적 떼들이 자주 출몰하고 길도 더 험해지지. 우리가 진나라로 가는 지름길을 알려 줌세. 물론 숙식도 제공하고 말일세. 괜찮지 않은가?"

노빈손은 수월하게 일이 진행되고 안전까지 확보되었다는 생각에 기쁨을 감추지 못했다.

"꿈에 말숙이가 보였는데 꿈은 반대라더니 그게 길몽이었어. 야호, 감사합니다, 감사합니다."

이리하여 노빈손 일행은 조나라 사절단에 합류하게 되었다.

十年減壽

십년감수

열 십十 | 해 년年 | 덜 감減 | 목숨 수壽 수명이 십 년이나 줄 정도로 위험한 고비를 겪었다는 뜻으로 몹시 위험하거나 놀란 상황에 쓴다. 예) 떠내려가는 말숙이의 꽃신을 건지려고 계곡물에 들어갔던 노빈손은 갑자기 급류에 휘말려 십년감수했다.

 ## 너무나 인상적인 인상여

인상여는 긴 여정 내내 황금빛 궤짝 하나를 품에 안고 단 한순간도 놓지 않았다.

"아저씨, 그 상자 안에 들어 있는 것은 뭔가요?"

호기심이 발동한 노빈손이 물었다.

"자네가 관심 가질 물건이 아니니 신경 끄시게나."

인상여는 평소와는 달리 냉정하게 잘라 말했다.

얼마 후 식사 시간이 되자 노빈손은 조나라 사람들을 붙잡고 그 상자 속 물건에 대해 물었다.

"저건 천하 제일의 보물 화씨지벽(和氏之璧)이란 것이야. 왕과 고위 관직자 외에는 근처에 가지도 못하지. 보고 싶어 하는 것 같은데, 단념하는 게 좋을 걸세."

"화씨지벽이라고요? 어떻게 벽을 다 갖고 다니나요?"

"엥? 맹상군 식객들의 수준이 의심스러워시는군. 담벼락의 벽(壁)과 구슬의 벽(璧)을 구분 못 하다니. 이리 무지몽매無知蒙昧할 데가."

"변화 씨의 옥구슬 말이네. 저것은 어두운 곳에 있을수록 더욱 빛이 나 야광지벽(夜光之璧)이라고도 하지. 겨울이면 화로보다 더 따뜻해지고 여름이면 서늘해져서 파리와 벌레가 접근 못 하고 부채도 필요 없다고. 괜히 진나라 왕이 갖고 싶어 하겠나?"

"진나라 왕이 갖고 싶어 한다고요? 그럼 이런 귀한 것을 조공하러

무지몽매

없을 무無 | 알 지知 | 어리석을 몽蒙 | 어두울 매昧 아는 것이 없고 어리석으며 사리가 어둡다는 뜻이다. 예) 무지몽매한 네가 이 형의 깊은 뜻을 알겠냐?

가신다는 거예요? 아이고 아깝겠다."

　그들의 대화를 우연히 들은 인상여가 미간에 주름을 잔뜩 잡은 채 노발대발怒發大發하며 말했다.

　"조공이라니. 말조심하지 못하겠나! 우리 조나라를 뭘로 보고 그런 망발을 하나. 조공이 아니라 당당히 열다섯 성과 교환하러 가는 길이네. 제대로 알라고, 고얀지고."

怒發大發

노발대발

성낼 노怒 | **쏠 발發** | **클 대大** | **쏠 발發**　몹시 화가 나 펄펄 뛰며 성을 낸다는 뜻이다. 예) 장비는 노발대발하여 눈을 부릅뜨고 부하들에게 호통을 쳤다.

"죄송해요. 다신 안 그럴게요. 근데 인상여 아저씨, 저 화씨지벽 따악~ 한 번만 만져 보면 안 될까요?"

"당연히 안 되지. 이게 어떤 물건인데 아무에게나 만지게 한단 말인가."

"무슨 흠집이라도 생길까 봐 그러시나 본데, 걱정 마세요. 신줏단지 모시듯 조심스럽게 보고 조그마한 흠 하나 안 생기게 할 테니까요. 좀 보여 주세요, 네?"

순간 인상여의 눈이 빛났다.

"지금 흠이라고 했나? 흐음…, 그래 바로 그거야. 흠. 흠하하하. 자네 정말 천재 아닌가? 고맙네, 정말 고맙네."

"왜 고마운지 모르겠지만 답례로 대인배처럼 화끈하게 뚜껑 좀 열어 봐 주세요."

노빈손이 끈덕지게 물고 늘어지자 가만히 보고 있던 인상여의 호위무사 하나가 주먹을 불끈 쥐어 보이며 버럭 호통을 쳤다.

"이놈! 무엄하다. 썩 물러나지 못할까? 한 번만 더 만져 보게 해달라고 떼쓰면 이 주먹이 용서치 않을 테다. 알겠느냐?"

노빈손은 의기소침意氣銷沈 해져서 고개를 끄덕였다.

"알겠다고요. 아저씨의 쇠몽둥이 같은 주먹에 맞으면 머리통이 부서질지도 모르니까요."

이때 인상여의 눈이 또 한 번 빛났다.

"머리통이 부서진다고? 머리통……. 그래, 바로 그거야. 음화하하. 이걸로 작전 계획이 완료되었어. 머리통, 바로 그거야 머리통. 음

의기소침

뜻 의意 | **기운 기**氣 | **사라질 소**銷 | **가라앉을 침**沈 기운을 잃고 풀이 죽었다는 뜻으로, 성적표 받는 날 흔히 느낄 수 있는 감정 같은 것이다. 예) 한 경기를 졌다고 그렇게 의기소침해 있을 필요 없어. 다음 경기를 잘하면 되지.

화하하하."

인상여는 춤까지 춰 가며 소리쳤다.

"얘들아, 노빈손이 지금 나에게 놀라운 영감을 주었다. 이제 봤더니 이 녀석은 하늘이 내게 내린 선물이었어."

노빈손은 점잖던 인상여의 우스꽝스런 몸짓이 어리둥절할 뿐이었다.

"제가 영감을 드렸다고요? 거참, 무슨 말인지 모르겠군. 아무튼 좋은 작전을 세우신 듯하니 다행이네요. 그런 의미에서 화씨지벽 한 번만 볼 수 있을까요?"

"그건 아무리 원해도 안 되네. 백년하청 百年河清일세."

인상여는 언제 춤췄냐는 듯 다시 점잖게 앉아 단호하게 말했다. 하지만 그동안 어딘가 수심의 먹구름이 가득했던 인상여의 얼굴은 활짝 갰고 일행은 다시 힘차게 낙타를 몰고 진나라 궁이 있는 수도 함양(咸陽)으로 향했다.

 ## 천하의 보물, 화씨지벽

인상여가 도착하자마자 소양왕은 그를 궁으로 불러들였다. 소양왕이 정무를 보는 장대(章臺) 아래에는 진나라 고위 관리들이 모두 모여

백년하청

일백 백百 | 해 년年 | 물 하河 | 맑을 청淸 백 년을 기다린다 해도 황하의 흐린 물은 맑아지지 않는다는 뜻으로, 오랫동안 기다려도 바라는 것이 이루어질 수 없음을 이르는 말이다. 예) 삼촌이 아무리 운동을 해서 몸짱이 돼도 아이유와의 만남은 백년하청이다.

있었다. 인상여는 천천히 소양왕 앞으로 나아가 화씨지벽이 든 상자를 올렸다.

상자를 받아 든 소양왕은 황홀한 표정으로 영롱하게 빛나는 천하의 보물을 꺼냈다.

그는 마치 로또 1등에 4주 연속 당첨된 사람마냥 좋아서 벌어진 입을 다물지 못하고 주변 신하들과 궁녀들에게 화씨지벽을 돌려서 보게 하며 자랑을 했다.

"움하하하하핫, 여… 여봐라, 이 보물이 이제야 자기가 있어야 할 자리에 온 것 같지 않느냐?"

만조백관滿朝百官들과 궁녀들이 함성을 질렀다.

"지당하신 말씀입니다."

"진나라 만세!"

귀한 화씨지벽을 이 사람 저 사람이 막 만지는 것을 보니 인상여는 부아가 치밀었다. 게다가 열다섯 성을 주기로 한 약조는 아예 폐기처분한 듯했다.

'이런 날상도 같은 놈들…… 이대로 두고 볼 수는 없지. ㄴ,빈손한테서 얻은 영감을 살려 보자.'

"대왕이시여!"

인상여는 엄청난 성량으로 궁정의 들뜬 분위기를 잠재우며 말했다.

"그것에는 작은 흠이 하나 있습니다. 보통 사람의 눈에는 보이지 않는 것이라 소신만이 알고 있으니 제게 줘 보십시오. 알려 드리겠사옵니다."

만조백관

찰 만滿 | 조정 조朝 | 일백 백百 | 벼슬 관官　조정의 모든 벼슬아치를 뜻한다. 예) 경복궁 근정전 앞에 만조백관이 모두 모였다.

흠이 있다는 소리에 일순간 침묵이 흐르고 모두의 시선이 인상여에게 모아졌다.

"뭐… 뭐라고? 이런 천하의 보물에 흠이 있다고? 이렇게 도벽 아니, 완벽한데! 도대체 어떤 흠이란 말인가."

인상여는 화씨지벽을 받아들고는 재빨리 궁정의 주 기둥으로 달려가 기둥을 한 팔로 감싸고 살벌한 표정을 지었다. 눈은 불꽃이 튀듯 이글거렸고 일그러진 입 모양으로 인해 야차처럼 험상궂게 보였다.

한쪽 팔로 화씨지벽을 번쩍 치켜들고 그가 외쳤다.

"진나라 왕은 들으시오. 당신도 알다시피 이 화씨지벽은 천하에 둘도 없는 귀한 것이라 우리 조나라 왕께서는 열다섯 성과 교환하자는 약속을 믿고 어렵게 저에게 들려 보냈소. 사실 주변에서는 화씨지벽만 빼앗길 거라며 만류했지만 우리 왕께서는 만승의 제후요, 으뜸가는 강대국의 통치자인 소양왕이 그런 빈말을 할 리가 없다며 닷새 동안 목욕재계沐浴齋戒를 하고 절을 올린 후 보내 주셨소."

눈을 부릅뜨고 소양왕을 노려보며 인상여는 말을 이어갔다.

"그런데 보아하니 대왕은 이 화씨지벽을 강탈할 생각뿐인 것 같소. 만약 갖고 싶으면 대왕도 닷새 동안 목욕재계를 하고 받으시오. 만약 허튼 수작을 하려 든다면 화씨지벽을 기둥에 내리쳐 부숴 버리고 내 머리통도 똑같이 만들고 말 테니, 알아서들 하시오."

소양왕이 보니 인상여의 말이 맞기도 하고 분위기가 심상치 않은 게 정말 그렇게 할 것 같았다. 그렇게 되면 국제적 망신을 당하기 십상이었다. 소양왕은 우선 그를 구슬렸다.

목욕재계

머리 감을 목沐 | 목욕할 욕浴 | 재계할 재齋 | 경계할 계戒 제사를 지내거나 신성한 일 따위를 할 때, 부정을 피하기 위해 목욕해서 몸을 깨끗이 하고 마음을 가다듬는다는 뜻이다. 예) 오늘 중간고사를 잘 보기 위해 어젯밤 자정에 목욕재계까지 했다고.

　"아… 알겠네. 내 목욕재계할 테니 돌아가 닷새만 기다리시게."

　이렇게 하여 무사히 구슬을 갖고 나온 인상여는 숙소로 돌아오자마자 노빈손을 불렀다.

　"노빈손, 오늘 작전의 성공은 순전히 자네 덕분일세. 자네는 보기에는 무르고 헐렁해 보이나 위기에 대처하는 능력이 있고 사리사욕私利私慾을 위해 신의를 저버릴 사람이 아닌 걸 알고 있네. 그래서 자네에게 마지막으로 어려운 부탁을 하나 하려고 하네. 화씨지벽을 들

私
利
私
慾

사리사욕

사사로울 사私 | **이로울 리利** | **사사로울 사私** | **욕심 욕慾**　개인적인 이익과 욕심이라는 뜻으로, 흔히 부패한 정치인들이 이것 때문에 비리를 저지르곤 한다. 예) 저는 사리사욕을 버리고 국민만을 위해 일할 것입니다. 저를 국회로 보내 주십시오.

고 조나라에 가서 왕께 전해 주게. 자네는 우리의 공식 수행원이 아니니 진나라의 의심을 사지 않을 걸세."

뜻하지 않게 화씨지벽 반환 작전의 임무를 맡게 된 노빈손 일행은 진나라를 떠나 그 길로 낙타를 달려 조나라로 향했다. 함께한 조나라 수행원은 길눈이 밝아서 진나라에서 조나라로 가는 지름길을 잘 알고 있어 수월하게 들어갈 수 있었다.

조나라의 수도 한단은 화려한 도시였다.

노빈손 일행이 도착하자 이미 소식을 들은 조나라 왕이 버선발로 나와 맞이하였다. 그러고는 화씨지벽을 받아들고 눈물을 펑펑 쏟으며 감격에 겨워 외쳤다.

"오! 완벽(完璧)! 완벽! 완벽!"

노빈손은 조나라에서 융숭한 대접을 받은 뒤, 진나라로 가는 지름길을 완벽하게 그린 지도를 가지고 의기양양意氣揚揚하게 제나라 맹상군에게로 돌아갔다.

 ## 끝나지 않은 구애

"저희들 왔습니다."

맹상군은 노빈손 일행이 돌아왔다는 보고에 깜짝 놀랐다.

의기양양

뜻 의意 | 기운 기氣 | 날릴 양揚 | 날릴 양揚 기세가 드높아 매우 자랑스럽게 행동하는 모양이나 뜻한 바를 이루어 만족한 마음이 얼굴에 나타난 모양을 일컫는 말이다. 예) 비록 꼴찌지만 평균 점수 1점 올랐다고 저렇게까지 의기양양하는 것을 보니 참 긍정적인 친구야.

"설마 저것들이 진짜 진나라까지 갔다 왔다고 믿으시는 건 아니죠? 절대 아닐 겁니다. 제 천재적 추리로는 어디서 몇 달 죽치고 노닥거리다가 온 게 확실하다니깐요."

리서치가 비아냥거리며 말했다.

노빈손은 새롭게 그린 지도를 맹상군에게 바쳤다.

"오, 이렇게 상세하게 그려 오다니. 언젠가 큰 도움이 될 거 같군. 빨리 가서 밥부터 먹고 며칠 푹들 쉬게. 내가 큰 상을 내리도록 하겠네."

흐뭇하게 미소 짓는 맹상군을 향해 리서치가 손사래 쳤다.

"뭐? 안 돼~요. 사실 여부를 확인도 않고 시상한다고요? 절대 안 돼~요. 저 지도는 감정을 해봐야 된다니깐요."

"자넨 지금까지 속고만 살았나? 이거 보게. 이 세밀한 지도가 어림짐작으로 만든 것이겠는가? 허심탄회虛心坦懷하게 얘기해 보게. 혹시 노빈손을 경쟁 상대로 생각하는 건가?"

맹상군이 눈을 살짝 모로 뜨며 물었다.

"뭐… 뭐라굽쇼? 아, 말도 안 돼~요. 어찌 저 애송이 따위가 저의 천재적 정보 검색 능력을 따라올 수 있겠어요, 어디."

"그게 아니라면 잠자코 있게나."

리서치는 벌레를 씹은 듯한 표정을 짓고는 말을 거두었다.

한편, 진나라 소양왕은 화씨지벽은 얻지도 못하고 체면까지 구기게 되자 인재의 중요성을 뼈저리게 느꼈다. 그럴수록 맹상군에 대한 욕심이 강렬하게 일었다. 소양왕은 다시금 맹상군을 보내라고 다각도로

허심탄회

빌 허虛 | 마음 심心 | 평평할 탄坦 | 생각할 회懷 마음을 비우고 생각을 터놓는다는 뜻으로, 거리낌이나 숨김이 없는 마음을 말한다. 예) 요즘 무엇 때문에 힘든지, 우리 허심탄회하게 얘기 좀 해 보자.

제나라를 압박했다.

초라한 출발

'까짓 거, 가 보는 거야!

바보 같은 짓이야, 가긴 어딜 가. 무슨 일이 있어날지도 모르잖아.

더 큰 세상으로!

무슨 소리! 이곳에서 자손만대 평안하게 살아야지.'

앞뜰에서 똥 마려운 강아지마냥 불안하게 이리 저리 왔다 갔다 하는 맹상군의 머릿속에선 두 가지 의견이 격렬하게 충돌하고 있었다.

"가느냐, 마느냐, 이것이 문제로다."

맹상군은 다시 시작된 진나라 왕의 집요한 스카우트 제의에 심하게 흔들리고 있었던 것이다.

자신의 수하에 있는 천하의 재능 있는 자들이 각자 그 재능을 꽃피우기에 제나라가 좁게 느껴졌던 터라 한창 강력해지고 있는 진나라의 요청에 마음이 요동치고 있었다. 하지만 그러기엔 너무도 많은 난관과 위험이 도사리고 있어 그야말로 기로岐路에 서서 이러지도 저러지도 못하고 있는 것이었다.

꾸르릉~~~.

기로

갈림길 기岐 | 길 로路 여러 갈래로 갈린 길 혹은 미래의 향방이 상반되게 갈라지는 지점을 비유적으로 이르는 말이다. 예) 탕수육을 먹느냐, 깐풍기를 먹느냐의 중요한 기로에서 나는 탕수육을 선택했지.

맹상군의 장에 다급한 신호가 왔다.

요즘에 깊은 고민 때문에 편두통이 심해졌는데 설상가상雪上加
霜으로 신경성 소화불량까지 걸려 시시때때로 설사 경보가 울리는
것이다.

"아, 급하다 급해."

맹상군은 체면을 집어던지고 급한 김에 식객용 화장실로 뛰어 들어
갔다.

설상가상

눈 설雪 | 윗 상上 | 더할 가加 | 서리 상霜 눈 위에 또 서리가 내린다는 뜻으로, 어려운 일이 겹치
는 것을 이르는 말이다. 예) 시간에 늦어서 택시까지 탔는데, 설상가상으로 길까지 막히는 바람에,
결국 연극이 끝난 다음에 갔지, 뭐야.

雪上加霜

"아, 맹상군 님이 여긴 어쩐 일이세요?"

공교롭게도 볼일을 마치고 나오던 노빈손과 딱 마주쳤다.

'헉스, 하필 이런 데서 이 녀석을 만나다니, 좌측 두부 쌍흑점의 안 좋은 기억이 되살아나는구먼.'

"맹상군 님, 무슨 일이 생기신 거죠? 며칠 전에도 그렇고 오늘도 갑자기 식객들만 쓰는 해우소로 들어오신 걸 보니 수상한데요. 혹시 무슨 큰 결정을 앞두고 신경을 많이 써서 과민성 대장증후군에 걸린 거 아니세요? 빨리 일 보시고 나와서 속 시원히 말씀 좀 해주세요."

맹상군은 적이 놀랐다.

'이 녀석, 진나라 길을 탐험하고 오더니 판단이 예리해졌는걸.'

잠시 후 장의 평화를 되찾은 맹상군은 기다리고 있던 노빈손에게 사실을 털어놓았다.

"빈손 군, 만약 내가 진나라로 들어간다면 어떨 것 같나?"

"그거였군요. 간단하죠."

노빈손은 의기양양해하며 대답했다.

"진나라가 또다시 맹상군 님을 초빙했다는 건 진나라 왕이 큰 인물을 급히 찾는다는 증거입니다. 어디 맹상군 님만 한 인물이 있나요?"

노빈손은 사뭇 진지하게 말을 이어갔다.

"천재일우千載一遇의 기회입니다. 맹상군 님은 더 큰 세상에서 날개를 펴야 하고 지금 진나라는 난국을 타개하기 위한 인물이 필요하니, 누이 좋고 매부 좋은 거죠. 저는 적극 찬성입니다. 맹상군 님, 당장 가요. 네? 진나라는 음식도 맛있던데. 아무도 안 가면 저 혼자라

천재일우

일천 천千 | 해 재載 | 한 일一 | 만날 우遇 천 년에 한 번 만난다는 뜻으로, 쉽게 얻기 어려운 절호의 기회를 이르는 말이다. 예) 선생님이 일찍 퇴근을 하시다니, 땡땡이 칠 수 있는 천재일우의 기회로군.

도 따라가겠습니다. 험한 길을 피해 수월하게 가는 길도 제가 이미 알아 왔잖아요."

"그래, 자네 말이 맞네."

'저 애송이 노빈손도 저렇게 명쾌한 답을 내놓는데 천하의 맹상군이 이렇게 망설이고 있다니. 이건 자존심의 문제야. 좋아, 당장 떠나자.'

맹상군은 즉시 전 식객들을 소집했다.

단상에 올라선 맹상군은 식객들을 향해 천천히 입을 열었다.

"진나라에서 나를 재상으로 부른다고 하오. 이제 나는 좀 더 큰 세상에서 뜻을 펴고 싶소. 무엇보다 오래도록 허송세월 虛送歲月한 그대들의 일자리도 창출해 주고 싶고 말이오."

맹상군은 호흡을 한번 가다듬은 다음 마지막 결단을 내렸다.

"이번이 아니면 다시는 기회가 오지 않을 것이오. 바로 함께 갈 사람들을 모집할 거요. 진나라에서 받아 줄 일행의 수가 제한되어 있어서 지원자가 넘치면 공개 경쟁을 통해 선발할 수밖에 없소. 다들 적극적으로 고민해 보시오."

동행자 모집 공고가 나가고 최종 마감 시일이 지났다. 맹상군은 들뜬 마음으로 말했다.

"인사 담당관, 지원자 명단 좀 가져오게."

"그게… 좀……."

"왜 그러는가?"

허송세월

빌 허虛 | 보낼 송送 | 해 세歲 | 달 월月 세월을 헛되이 보낸다는 뜻으로, 흔히 긴 시간을 보람 없는 일로 보낼 때 쓰는 말이다. 예) 신년 계획을 잘 세워서 허송세월하는 일이 없도록 해야지.

우물쭈물하며 인사 담당관이 내민 명단을 본 맹상군의 얼굴이 흙빛으로 변했다.

"이런 젠장, 지원자가 겨우 삼백 명뿐이라고? 완전히 최악의 결과로군. 게다가 상석에 배정해 준 쓸 만한 인재들은 대부분 빠지고 하찮은 재주를 가진 자들만 득시글대네. 이것들! 오갈 데 없던 자기들을 이제껏 먹여 주고 재워 준 데 든 돈이 얼만데. 오른팔로 여겼던 리서치마저도 지원을 안 하다니. 이건 배신이야, 배신! 이 놈들을 내 눈에 흙이 들어갈 때까지 잊지 않을 테다. 에잉~~~."

자신을 수행하겠다는 자들이 주로 말석 식객들이라니, 맹상군은 허탈한 심정이었다. 노빈손과 그 일행은 실력이 아니라 운이 좋아서 공을 세웠다는 생각을 가지고 있었던 맹상군이었기에 노빈손, 제록수, 허석희, 육년근의 이름을 보고도 기쁘지 않았다.

하지만 이미 공표했고 최종 선언까지 해버렸기 때문에 어쩔 수 없는 일이었다.

드디어 떠나는 날.

삼천 명의 대규모 집단에서 삼백 명으로 줄어든 일행의 모습은 왠지 초라하고 어설퍼 보이기까지 했다.

뒤에서 지켜보던 리서치가 비아냥거렸다.

"이거 뭐 오합지졸烏合之卒이란 말이 딱 어울리는군. 말석의 인간들 출발 한번 화려하군, 화려해."

오합지졸

까마귀 오烏 | **합할 합合** | **어조사 지之** | **군사 졸卒** 까마귀가 모인 것같이 질서가 없는 병졸이라는 뜻으로, 임시로 모여서 규율이 없고 무질서한 병졸 또는 군중을 이르는 말이다. 예) 우리가 충분히 이길 수 있어. 저 농구팀은 농구의 'ㄴ'도 모르는 오합지졸이라고.

인상여열전

조(趙)나라 혜문왕(惠文王)은 어느 날 초(楚)나라의 보물 화씨지벽을 손에 넣게 됩니다. 그 사실을 알게 된 진(秦)나라 소양왕은 다른 나라로부터 빼앗은 성 열다섯 개와 화씨지벽을 맞교환하자고 제안을 해 옵니다.

당시 진나라는 강력한 법으로 나라를 다스리며, 천하 통일을 위한 힘을 쌓아 가고 있었죠. 진나라 동쪽에 있던 여섯 나라들은 쇠약해지는 국력에 초조해하면서 진나라와 손을 잡아 보려고 안간힘을 썼고요. 그러니 혜문왕은 소양왕의 제안을 쉽게 거절하지 못합니다.

하지만 열다섯 개 성은 받지 못하고 화씨지벽만 빼앗길 것이 뻔했기 때문에 혜문왕은 고심에 빠졌죠. 그때 인상여(藺相如)가 나타나 말했습니다.

"진나라가 성을 내주는 조건으로 화씨지벽을 달라고 했는데 조나라에서 이를 받아들이지 않으면 잘못은 조나라에 있게 됩니다. 그러나 조나라에서 화씨지벽을 보내 주었는데도 진나라가 조나라에 성을 주지 않으면 잘못은 진나라에 있게 되죠. 이 두 가지 대책을 비교해 볼 때 차라리 요구를 받아들여 잘못의 책임을 진나라로 돌리는 편이 낫습니다."

그래서 혜문왕은 인상여를 진나라로 보내게 됩니다.

그렇다면 문제의 핵심이었던 '화씨지벽'은 어디서 생겨났던 걸까요?

●── 천하 제일의 보석, 화씨지벽

화씨지벽和氏之璧

화할 화 | 성 씨 | 어조사 지 | 구슬 벽

천하 제일의 옥구슬을 뜻하며 어떤 난관도 참고 견디면서 자신의 의지를 관
철시키는 것을 비유하는 말이다.

전국시대, 초(楚)나라에 변화씨(卞和氏)란 사람이 초산에서 옥의 원
석을 발견하곤 곧바로 여왕에게 바쳤습니다. 여왕이 기뻐하며 보석
감정사에게 감정을 시켰는데 보통 돌이라는 평가가 나왔죠. 자기를
속였다고 화가 난 여왕은 변화씨에게 월형(刖刑 : 발뒤꿈치를 자르는 형벌)
을 내려 왼쪽 발뒤꿈치를 자르게 한 후 옥돌과 함께 내쫓았습니다.
  여왕이 죽은 뒤 무왕(武王)이 즉위하자 변화씨는 그 옥돌을 무왕에
게 바칩니다. 한데 이번에도 보통 돌이라는 감정이 나오는 바람에 오
른쪽 발뒤꿈치마저 잘리고 말았죠.
  무왕에 이어 문왕(文王)이 즉위하자 변화씨는 그 옥돌을 끌어안고

초산 아래에서 사흘 밤낮을 웁니다. 눈물이 다 마르고 나자 뒤이어 피눈물이 흘렀다고 합니다. 문왕이 그 소식을 듣고 궁금해서 사람을 보내어 물었죠.

"이 세상에는 월형을 당한 사람이 적지 않은데 유독 그리 슬피 우는 까닭이 무어냐?"

그러자 변화씨가 대답했습니다.

"저는 월형 받은 것을 슬퍼하는 것이 아니라, 이는 귀한 구슬인데 이것을 돌이라 하며, 곧은 선비를 사기꾼이라 부르니, 그것이 슬퍼서 그렇습니다."

문왕이 그의 억울함을 풀어 주기 위해 옥돌을 세공인에게 맡겨 갈고 닦게 했더니, 천하에 둘도 없는 구슬이 영롱한 모습을 드러냈죠. 문왕은 곧 변화씨에게 많은 상을 내리고 그의 이름을 따서 이 구슬을 '화씨지벽'이라 이름 붙였습니다.

앞의 이야기에 나오듯이 인상여는 진나라 소양왕에서 빼앗길 뻔했던 천하 명옥, 화씨지벽을 영특한 꾀로 무사히 지켜 가지고 돌아왔습니다. 그 공으로 높은 벼슬에 임명되었죠. 그리고 이 고사에서 완전무결하다는 뜻인 '완벽(完璧)'이라는 단어가 유래했습니다.

◉— 죽음을 같이하기로 약속한 우정

문경지교刎頸之交

목 찌를 문 | 목 경 | 어조사(~의) 지 | 사귈 벗 교

목을 찔러 죽는 한이 있더라도 변치 않을 정도로 절친한 사귐. 또는 그런 벗을 이르는 말이다.

3년 후 진나라 소양왕은 화씨지벽의 굴욕을 갚을 겸 조나라를 공격했습니다. 양국의 전쟁으로 조나라는 막대한 손실을 입었죠.

그런데 BC 279년 진나라 소양왕은 초나라를 집중적으로 공격하기 위하여 조나라와 동맹을 맺고자 했습니다. 그래서 사신을 조나라에 파견하여 조나라의 왕과 서하(西河) 밖에 있는 민지(지금의 하남성 민지현)에서 만나기로 약속하죠. 조나라의 혜문왕은 두려워서 가지 않으려고 합니다. 대장군 염파(廉頗)와 인상여는 그래도 약속 장소에 가는 편이 낫다고 열심히 혜문왕을 설득했습니다.

"소양왕이 회의를 약속했는데 만약 대왕께서 가지 않으신다면 조나라의 나약함을 내보이는 것이니 아무래도 가시는 것이 좋겠습니다."

혜문왕은 두 사람의 건의를 받아들였고, 인상여가 혜문왕을 따라서 함께 가기로 했어요. 염파는 대군을 이끌고 국경까지 가서 혜문왕을 배웅하면서 말했습니다.

"이번에 대왕께서 민지에 가시면 왕복 시간과 회담 시간을 합해도

30일이 넘지 않을 것입니다. 만약의 사태에 대비하여 이 기간이 지나도 대왕께서 돌아오지 않으시면 태자에게 왕위를 계승하도록 허락해 주십시오. 그러면 진나라는 대왕을 잡아 놓고 조나라를 협박할 생각을 하지 못할 것입니다."

혜문왕의 허락을 받고 염파는 국경에 대규모 병력을 배치해 진나라의 공격에 대비합니다. 민지에 도착한 혜문왕은 소양왕을 만나 서로 인사 의식을 끝낸 다음 바로 연회에 들어갔어요. 연회석상에서 이야기를 주고받으며 술잔이 돌자 소양왕이 혜문왕에게 말했습니다.

"내가 듣기에 당신은 거문고(瑟)를 좋아한다고 하던데 여기 거문고가 있으니 한 곡 연주하여 흥을 돋우어 주시오!"

혜문왕은 감히 소양왕의 청을 거절하지 못하고 거문고를 연주할 수밖에 없었습니다. 이때 진나라의 사관이 죽간 위에 "모년 모월 모일에 소양왕과 혜문왕이 민지에서 연회를 하다가 소양왕이 혜문왕에게 거문고를 연주하도록 명령하였다"라고 썼습니다. 이 굴욕적인 상황을 지켜본 인상여는 앞으로 나아가서 소양왕에게 말했죠.

"혜문왕께서 소양왕이 질장구를 잘 치신다고 듣고 왔는데 여기에 질장구가 있으니 한번 치셔서 모두를 기쁘게 해주십시오."

소양왕은 이 말을 듣고 벌컥 화를 내며 응하지 않으려고 했죠. 그러자 인상여가 말했습니다.

"지금 저는 대왕과 다섯 걸음밖에 떨어져 있지 않습니다. 만약 대왕께서 응하지 않으신다면 저는 이 질장구로 당신의 머리를 내려치고 스스로 내 몸을 찔러 당신의 몸에 피를 튀게 할 것이오."

소양왕의 호위병은 이 말을 듣고 황급히 검을 뽑았습니다. 하지만 인상여가 두 눈을 부릅뜨고 큰 소리로 호통을 치자 호위병은 깜짝 놀라 뒤로 물러섰어요. 소양왕은 매우 수치스러웠지만 억지로라도 질장구를 몇 번 두드리지 않을 수 없었죠.

인상여는 조나라 사관을 불러서 이 일에 대하여, "모년 모월 모일에 혜문왕과 소양왕이 민지에서 연회를 하다가 혜문왕이 소양왕에게 질장구를 쳐서 흥을 돋우도록 명령하였다"라고 쓰게 했어요. 진나라 대신들은 소양왕이 불리해진 것을 보고는, "조왕께서는 15개의 성을 바쳐 진왕께 축복을 올리십시오!"라고 했죠. 그러자 인상여도 전혀 굽히지 않고, "진왕께서는 함양을 바쳐서 조왕께 축복을 드리십시오!"라고 했습니다.

연회가 끝날 때까지 인상여는 국가의 존엄성을 수호하기 위하여 진나라 군신들을 상대하면서 재치와 용맹을 발휘하여 진나라의 음모를 다 막았습니다. 진나라는 염파 장군이 대군을 이끌고 국경에 주둔하고 있다는 것을 알고 있던 터라 어쩌지도 못하고 조나라 군신들을 공손히 보내 줄 수밖에 없었습니다. 그 후 진나라와 조나라는 일시적으로 전쟁을 중단했죠.

인상여는 민지에서 세운 공으로 더 높은 자리에 임명됐습니다. 그리하여 인상여의 지위는 조나라의 명장으로 유명한 염파보다 더 높아졌죠. 염파는 분개하여 이렇게 말했습니다.

"나는 수많은 전쟁 싸움터를 누비며 성을 쳐서 빼앗고 들에서 적을 무찔러 공을 세웠다. 그런데 세 치 혀밖에 놀린 것이 없는 인상여 따위가 나보다 윗자리에 앉다니……. 내 어찌 그런 놈 밑에 있을 수 있겠는가. 언제든 그놈을 만나면 망신을 주고 말 테다."

이 말을 전해 들은 인상여는 염파를 피했습니다. 그는 병을 핑계 대고 조정에도 나가지 않았으며, 길에서도 저 멀리 염파가 보이면 옆길로 돌아가곤 했죠.

　인상여의 이 같은 비겁한 행동이 거듭되자 실망한 부하가 작별 인사를 하러 왔습니다. 그러자 인상여는 그를 만류하며 이렇게 말했습니다.

　"자네는 염파 장군과 진나라 소양왕 중 어느 쪽이 더 무섭다고 생각하는가?"

　"그야 물론 소양왕이지요."

　"나는 소양왕도 두려워하지 않고 그 많은 신하들 앞에서 혼내 준 사람일세. 그런 내가 어찌 염파 장군을 두려워하겠는가? 생각해 보면 알겠지만 강국인 진나라가 쳐들어오지 않는 것은 염파 장군과 내가

버티고 있기 때문일세. 이 두 호랑이가 싸우면 결국 모두 죽게 되네. 그래서 나라의 위기를 생각하고 염파 장군을 피하는 것일세."

이 말을 전해 들은 염파는 부끄러워 몸 둘 바를 몰랐습니다. 그는 곧 '윗옷을 벗은 다음 태형(笞刑)에 쓰이는 가시나무를 짊어지고〔육단부형肉粗負荊 : 사죄의 뜻을 나타내는 행위〕 인상여를 찾아가 섬돌 아래 무릎을 꿇었습니다.

"내가 미욱해서 대감의 높은 뜻을 미처 헤아리지 못했소. 어서 나에게 벌을 주시오."

염파는 진심으로 사죄했습니다. 인상여는 사죄를 받아들였고 그날부터 두 사람은 죽음까지 같이하기로 약속한 벗이 되었다고 합니다. 이것이 바로 '문경지교'입니다.

3장

진나라를 아시나요?

소양왕의 호백구

맹상군이 살던 제나라 설 지방에서 진나라의 수도 함양으로 가는 길은 몇 달을 가야 하는 길고 긴 여정이었지만 노빈손이 알아 놓은 길로 가는 터라 한결 수월하고 안전했다.

드디어 함양 땅에 도착했을 때는 초여름이었다.

진나라의 궁은 끝없이 펼쳐진 대평원 가운데 웅장하게 솟아 있었다. 지난번에 왔을 때는 인상여의 숙소에만 있었기에 노빈손도 진나라 궁은 처음이었다.

보석들이 주렁주렁 달린 면류관을 쓰고 자색의 화려한 비단에 여의주를 물고 있는 용이 수놓아진 곤룡포로 온몸을 휘감은 소양왕이 모든 신하들과 함께 궁 밖에까지 나와 맹상군 일행을 맞이했다.

"어… 어서 오시오, 매… 맹상군."

광대뼈가 불거져 나오고 매부리코에 눈까지 부리부리한 소양왕이 걸걸한 목소리로 더듬거리며 인사를 했다.

맹상군은 볼살을 늘어뜨린 채 온화한 표정으로 손을 모아 눈앞으로 올린 다음, 정중히 절하며 말했다.

"공사다망公私多忙하신데도 불구하고 만조백관을 이끌고 친히 나와 환영해 주시다니, 정말 영광입니다, 전하."

"우하하핫. 뭔가 잘못된 저… 정보를 가지고 계시는구려. 공사가 다

공사다망

공공 공公 | 사사로울 사私 | 많을 다多 | 바쁠 망忙 공적인 일과 사적인 일이 많아 바쁘다는 뜻이다. 예) 엄마가 부녀회 회장 되더니 공사다망해져서 밥도 잘 안 차려 주신다니까.

망하다니요. 망하기는커녕 우… 우리 진나라는 초대형 건물 신축 공사가 하… 한창이오. 아무튼 이 시대 최고의 느… 능력자가 찾아오시는데 제가 다… 당연히 토포발악해야지요."

곁에 있던 신하가 아연실색哑然失色하며 황급히 소양왕의 귀에 대고 말했다.

아연 실색

벙어리 아哑 | 그러할 연然 | 잃을 실失 | 빛 색色 뜻밖의 일에 놀라 벙어리처럼 말문이 막히고 얼굴빛을 잃어 하얗게 변할 정도라는 뜻이다. 예) 그렇게 아연실색할 필요 없어. 건강 검진을 자세히 받아 보면 별 병 아니라는 진단이 나올 거야.

"전하, 공사다망은 그런 뜻이 아니옵고 토포발악은 토포악발로 어서 속히 고치십시오."

소양왕의 얼굴에 일순간 당황하는 빛이 살짝 스쳤지만 과장되게 웃으며 맹상군에게 말했다.

"푸우하핫핫핫. 내 우… 웃자고 한 말이니 너무 괘념치 마… 마시오. 아무튼 그대가 오… 오기를 학대수고, 아니 학수고대鶴首苦待했다는 것만 알아주시오."

"황공하옵니다."

맹상군은 다시 한 번 공수로 예를 표했고 소양왕의 걸걸한 목소리는 더 높아졌다.

"음하하핫. 그대 같은 훌륭한 사람이 불원천리마 타고 달려오느라 얼마나 피곤하겠소. 일단 오늘은 숙소에서 편히 쉬고 차차 앞날을 얘기해 봅시다."

"전하, 불원천리不遠千里입니다."

신하의 지적에 소양왕은 당황했지만 짐짓 태연한 척 거드름으로 수습하며 말을 돌렸다.

"핫핫핫, 내… 내가 한 우스갯소리 하지. 중원에서 최고라나? 하핫핫. 여… 여봐라, 풍악을 울려라."

쿵쿵따~아 쿵쿵 따 쿵쿵따리 쿵쿵따~아.

진나라 궁중 전속 악단은 격정적으로 질항아리 악기들을 두들기고 넓적다리를 치며 박자를 맞추었다.

노빈손은 연회에 나온 풍성한 만찬에 거의 넋을 빼놓고 음식을 폭

학수고대

학 鶴 | 머리 수 首 | 쓸 고 苦 | 기다릴 대 待 학처럼 목을 길게 빼고 기다린다는 뜻으로, 점심시간이나 방학 같은 간절한 무언가를 기다릴 때 쓸 수 있다. 예) 쾌변하는 그날을 학수고대하며 오늘도 화장실 문을 노크한다.

풍 흡입하기 시작했다.

멀리서 이 모습을 지켜보던 맹상군은 혀를 끌끌 찼다.

"빈손 군, 그만 먹고 가서 비단 보자기로 싼 물건 좀 가져 오게."

노빈손은 아쉬운 듯 남은 닭다리를 입에 쑤셔 넣으며 보자기를 들고 왔다.

분위기가 무르익자 맹상군은 금은보화들과 함께 부귀를 상징하는 모란이 수놓아진 비단 보자기로 곱게 싼 물건을 내밀었다. 그것은 최고급 모피 코트인 호백구(狐白裘)였다.

"약소하지만 선물로 가져 온 것이니 받아 주십시오."

눈이 휘둥그레진 소양왕은 호백구에 온통 시선을 뺏긴 채, 다른 보물들은 거들떠보지도 않았다. 호백구는 희귀종인 은여우의 가장 부드러운 겨드랑이 흰 털을 뽑아 만든 남녀공용 모피 코트였다. 이 호백구를 만들려면 적어도 은여우가 천 마리 이상이 필요하고 고도의 정교한 수작업을 해야 하는 까닭에 천금을 주고도 구하기 힘든 명품 중의 명품이었다.

소양왕은 호백구를 받아들고 좋아서 벌어지는 입을 다물지 못한 채 어쩔 줄 몰라 했다.

"오, 이… 이런 머어… 엇진 선물을 준비해 올 줄이야! 말로만 듣던 호백구를 직접 만져 보다니 꿈만 같소. 소문이 전혀 거짓말이 아… 아니었어. 이런 걸 두고 명…, 그 뭣이냐…, 명……."

쓸데없이 사자성어를 남발하는 소양왕이 불안했는지 신하 하나가 곁에서 떠나지 않고 귀띔을 해주고 있었다.

불원천리

아닐 불不 | 멀 원遠 | 일 천千 | 마을 리里 천 리 길도 멀다고 여기지 않는다는 뜻으로, 외국 팬들이 아이돌을 보기 위해 우리나라까지 찾아오는 것처럼 원하는 뭔가를 위해 먼 곳에서 간절한 마음으로 달려올 때 쓸 수 있다. 예) 족발! 너를 만나는 일이라면 불원천리하고 어디든 갈 수 있어.

"전하, 명불허전 名不虛傳 아니온지요?"

귀엣말을 듣고 소양왕은 속히 뒷말을 이었다.

"우하핫핫, 그래 명불허전! 날… 날이 더워지면 뇌 속이 허전해지기도 하지."

소양왕은 곁에 있던 애첩 연희에게 호백구를 보였다. 연희의 얼굴에서는 덕지덕지 바른 화장품 냄새가 진동을 했다. 연희는 취미가 옷 갈아입기요, 특기가 세 번 이상 입은 옷은 버리기였으며, 명품 감정에는 최고수였다.

호백구를 받아 든 연희는 입이 딱 벌어졌고 동시에 입 주변 화장 가루들이 사방으로 날렸다.

"오호홍, 이건 진품명품! 누가 입어도 완전 소중한 남자, 차가운 궁궐의 여자로 만들어 주는 마법의 옷! 진심 돈네 돈아. 백구야 백구야 호백구야, 세상의 모든 점수는 네가 다 가져 가라."

연희는 오두방정, 깨방정을 떨며 호들갑을 부렸다.

"오~~, 점수가 짜기로 유명한 연희가 이렇게 평가하는 옷은 처… 처음이군. 그럼 다른 검증이 필요 없지."

소양왕은 빼앗다시피 연희의 손에서 호백구를 가져와 어깨에 걸치고는 땀을 콩죽처럼 흘리면서도 벗을 생각을 하지 않았다.

연희 역시 그 옷에 완전히 홀려 마음속으로 발을 동동 굴렀다.

'세상에 저런 신비로운 옷이 다 있다니, 말 그대로 천의무봉 天衣無縫이야. 어쩜 바느질 자국 하나 보이지 않네. 완전 천상의 옷이야. 저건 당연히 진나라의 살아 있는 여신인 내가 입어야 하는데! 이 세

명불허전

이름 명名 | 아닐 불不 | 빌 허虛 | 전할 전傳 이름은 헛되이 전해지는 게 아니라는 뜻으로, 소문이 자자한 맛집에 갔는데 정말 맛있을 때 쓸 수 있다. 예) 300미터나 줄 서 있는 떡볶이 집에 갔는데, 정말 명불허전이더군. 맛이 끝내줘!

상 모든 옷을 다 준다고 해도 바꿀 수 없을 거야. 아잉~~, 저 영혼을
울리는 순백의 극세사와 유려한 어깨선과 날렵한 허리선이 주는 시각
적 감동. 다리 짧고 배 나온 왕의 몸매도 가려 주는데 내가 입으면 얼
마나 더 돋보일까? 저것만 가질 수 있다면 아무런 원이 없겠다. 에휴,
그러면 뭐하나 그림의 떡인걸. 정말정말 부럽다. 히잉, 정말 부러워.
내 저 호백구를 무슨 수를 써서라도 내 걸로 만들고 말 테다. 꼭, 기필
코, 반드시!'

천의무봉

하늘 천天 | 옷 의衣 | 없을 무無 | 꿰맬 봉縫 선녀의 옷에는 바느질한 자국이 없다는 뜻으로, 어떤
작품이 기교 없이 훌륭하게 만들어졌을 때, 또는 아름답고 깨끗하게 행동하는 사람을 일컬을 때
쓰는 말이다. 예) 이 한복을 만든 사람이 인간문화재라더니만 천의무봉이 따로 없네. 예술이야.

 ## 모험의 나라, 진나라

답례품 증정식이 끝나고 맹상군 일행은 안내원들을 따라 이동하였다. 궁에서 한참을 가니 한눈에도 고급스러워 보이는 건물이 나타났다.

현판에 숙소 이름이 용사비등 龍蛇飛騰한 글씨체로 써 있었다.

松待館

"송… 대… 관? 푸하하하!"

현판을 읽은 노빈손은 그만 빵 터지고 말았다.

진나라 최고 영빈관의 이름은 송대관이었다. 소나무 숲에서 귀한 손님을 기다린다는 뜻을 가진 집이라고 했다. 이름 그대로 보기에도 시원한 소나무 숲으로 둘러싸인 건물로 진나라 특유의 단순하면서도 웅장한 아름다움이 돋보였다.

송대관의 책임자가 나와서 정중히 맹상군에게 말했다.

"이곳에서 당분간 편히 쉬시면서 마음껏 씹고 뜯고 맛보고 즐기십시오."

"진나라에서 맹상군 님을 대하는 게 장난이 아니네요. 지난번 조나

龍
蛇
飛
騰

용사비등

용 룡龍 | 뱀 사蛇 | 날 비飛 | 오를 등騰 용과 뱀이 하늘로 날아오른다는 뜻으로, 살아 움직이듯 매우 활기찬 글씨를 비유할 때 쓰는 말이다. 반대말로 괴발개발이 있다. 예) 네 글씨는 용사비등이 아니라 지렁이비등이구나.

라 인상여 일행에게 내준 객관은 한민관(寒民館)이었다니까요. 말 그대로 추운 백성의 집이었다고요. 송대관은 진나라 최고급 객관인 것 같아요."

노빈손은 괜히 어깨가 으쓱했다.

격자 세공된 목조 창문들의 창호지를 통해 들어오는 햇빛으로 송대관의 웅장한 모습이 은은하게 물들고 있었다. 또 유약을 발라 황금빛 들녘처럼 노랗게 구운 기와로 뒤덮인 지붕은 흰색을 머금은 여름날의 푸른 하늘빛과 대조를 이루며 광택을 자랑하고 있었다.

식객들은 극진한 대접과 새로운 환경에 온통 마음이 들떴다. 송대관에 짐을 풀고 푸짐한 고량진미 膏粱珍味를 거하게 대접받은 후 각자 지정된 방으로 들어갔다.

노빈손은 짐만 숙소에 던져 두고 자신의 업무인 정보 검색을 위해 어슬렁어슬렁 바깥으로 나왔다. 함양의 밤 공기, 사람들의 옷차림, 왁자지껄한 장터 등은 새롭고 즐거웠다. 역시 진나라에 따라온 것은 훌륭한 선택이었다는 생각에 기분이 좋아졌다.

길거리에서 마주친 진나라 사람들도 다들 화통하고 유쾌했다. 하지만 어딘가 모르게 불안한 기색들이 엿보였다. 이야기를 잘 나누다가도 왕이나 정치에 관한 이야기가 나올라치면 흠칫 말을 멈추고 사방을 돌아보는 것이었다.

"왠지 진나라는 강력한 법으로 다스려지는 나라 같군."

노빈손은 그런 사람들을 보며 혼잣말을 했다.

고량진미

기름 고膏 | **기장 량**粱 | **보배 진**珍 | **맛 미**味 살진 고기와 좋은 곡식으로 만든 맛있는 음식이라는 뜻이다. 예) 기아에 허덕이는 사람들을 생각하면 이 라면 한 그릇도 고량진미라고!

몽타주의 비밀

"이야, 중국은 어딜 가나 장터가 있군. 장사 쪽 유전자는 아마 세계에서 가장 우월할 거야."

장터를 구경하다가 시장해진 노빈손은 국수집에 들어섰다. 김이 모락모락 나는 닭고기 국물에 만 납작하고 얇게 편 국수를 보는 순간, 노빈손은 그만 정신이 혼미해지고 말았다.

입안에 가득 고인 침을 꿀떡 삼킨 후, 무언가에 홀린 듯 전광석화電光石火처럼 국수를 흡입했다. 마지막 남은 국물 한 방울을 마저 털어 넣으려는데, 누군가가 노빈손의 어깨를 툭툭 쳤다. 돌아보니 거대한 몸집의 사내가 회색 곰처럼 서 있었다.

"잠시 검문이 있겠습니다. 얼굴 한번 보여 주십시오."

주변에서 국수를 먹고 있던 사람들이 사내를 발견하곤, 사색이 되어 하나둘 뒷걸음치며 사라졌다.

사내는 가지고 있던 나무판에 그려진 몽타주와 노빈손의 얼굴을 번갈아 보더니 환하게 웃었다.

"캬아~. 방을 붙이러 나왔다가 바로 범인을 잡는 일도 다 생기는군. 네 녀석을 체포한다. 얼굴은 어리바리하게 생긴 것이 감히 진나라를 뒤집을 생각을 하다니."

사내는 시커먼 털이 무성하고 힘줄이 불끈불끈 불거져 나온 억센

전광석화
번개 전電 | 빛 광光 | 돌 석石 | 불 화火 번갯불이나 부싯돌의 불이 번쩍이는 것처럼, 극히 짧은 시간이나 빠른 동작, 매우 빠른 일처리를 가리킨다. 예) 노빈손은 삼겹살 10인분을 전광석화처럼 입속에 밀어 넣었다.

電
光
石
火

팔로 노빈손의 목덜미를 낚아채서 번쩍 들더니 자초지종 自初至終도 설명하지 않고 어디론가 이동하기 시작했다.

노빈손은 허공에 대롱대롱 매달린 채 팔다리를 허우적거리며 자신의 신분을 밝혔다.

"켁켁… 아저씨, 이거 좀 놓고 말하세요. 저는 이번에 제나라에서 온 맹상군의 식객 중 한 사람이에요. 우리 일행은 송대관에 묵고 있는데 저는 진나라가 어떤 나라인지 너무 궁금해서 혼자 여행하고 있는 중이라고요. 그런데 뒤집긴 뭘 뒤집어요. 진나라가 부침개라도 되나요?"

"뭐라고? 그럼 국빈사절단으로 가장하고 들어온 것이란 말이냐? 이런 겁도 없이. 넌 쓴맛 좀 봐야겠다."

사내는 노빈손의 하소연을 묵살하고는 눈을 가렸다. 그리고 수레에 싣고 어디론가 달렸다. 수레가 덜컹댈 때마다 몸이 사정없이 이리 구르고 저리 굴렀다.

몇 시간이나 지났을까, 눈가리개를 풀었을 때는 이미 밤이었고, 사내는 노빈손을 다짜고짜 감옥에 처넣었다.

"꼬마야, 오늘 밤 꿈이나 잘 꿔 둬."

감옥 안은 무척이나 습했고 참기 힘든 쾨쾨한 냄새까지 났다. 노빈손은 무슨 영문인지 몰라 억울하고 답답했다.

어둠 속에서 노빈손의 안구 홍채가 서서히 열려 희미하게 망막에 상이 맺히기 시작하더니 구석에 거적때기가 조금씩 움직이는 것이 보였다. 가만히 보니 그 아래 사람이 있는 것 같았다.

자초지종

스스로 자自 | **처음 초初** | **이를 지至** | **마칠 종終** 처음부터 끝까지 이르는 동안 또는 처음부터 끝까지의 과정을 말한다. 예) 어제 왜 학교에 못 왔는지, 자초지종을 말해 봐.

"이봐요, 사람인가요?"

노빈손은 거적때기를 흔들며 말했다. 그러자 거적때기 속 사내가 몸을 일으켰다. 봉두난발蓬頭亂髮한 사내의 눈에서 검광 같은 빛이 뿜어져 나왔다.

"어떤 놈이 이승에서의 마지막 내 단잠을 깨우는 거냐?"

"저는 노빈손이라고 합니다. 그런데 아저씨는 누구세요? 그리고 이승에서의 마지막 잠이라니, 그건 또 무슨 말이죠? 그리고 혹시 제가 왜 잡혀 왔는지 아세요?"

노빈손은 질문을 쏟아 냈다.

"아니, 넌 그럼 그걸 모르고 이 지옥에 들어왔단 말이냐?"

거적때기 사내가 말을 이었다.

"이곳은 진나라의 반역자들을 가두는 감옥이다. 내국인, 외국인을 가리지 않고 잡아들여 악랄하게 취조하지. 이곳에서 살아 나간 사람이 이제껏 한 사람도 없다고 들었다. 나도 내일 처형될 몸이고."

원래 변방 약소국이었던 진나라가 강성해진 것은 혹독한 형벌과 법률 때문이라더니, 여기가 바로 그 현장이었던 것이다.

노빈손을 뚫어지게 바라보던 사내가 갑자기 소스라치게 놀랐다.

"아니, 세상에 이런 일이⋯⋯."

"왜 그러세요, 아저씨?"

"너 아무 영문도 모르고 잡혀 온 거 맞지? 그리고 진나라 전복 세력도 아니고 말이야?"

"전복 세력이라고요? 그럼 제가 전복죽을 좋아하는 게 문제가 된

봉두난발

쑥 봉蓬 | 머리 두頭 | 어지러울 난亂 | 터럭 발髮 텁수룩한 채 흐트러진 머리털. 예) 긴 긴 겨울방학 동안 머릿결 관리를 소홀히 했더니 봉두난발이 다 되었어.

건가요?"

혀를 쯧쯧 차며 거적때기 사내는 사실을 털어놓기 시작했다.

"내 이름은 어세신(魚世新)이라고 해."

노빈손은 그의 이름을 듣는 순간, 웃음이 나왔다.

"그렇다면 호는 닌자?"

어세신은 아픈 가족사가 있는 사람이었다.

진나라 소양왕이 높은 벼슬을 주며 그의 아버지를 영입했는데, 막상 그의 아버지가 공을 세우자 이를 시기한 조정 대신들의 이간질이 시작됐고 귀가 팔랑팔랑거린 소양왕은 그의 아버지를 처형해 버렸다. 토사구팽兎死狗烹이었던 것이다.

어세신은 죄도 없이 억울하게 형장의 이슬로 사라진 아버지의 원수를 갚고자 수년간 복수의 칼을 갈아 왔었다. 소양왕을 비롯, 자기 아비의 처형을 주장한 조정 대신들을 암살하기 위해 준비해 오다 그만 사전에 발각되어 잡혀 온 것이었다.

아무리 혼자 암살 계획을 꾸민 거라고 말해도 동조자의 인상착의人相着衣를 대라며 날마다 혹독한 고문을 해댔다. 그래서 할 수 없이 아무렇게나 말했는데, 공교롭게도 노빈손의 외모와 흡사했던 것이다.

어세신은 미안함으로 몸 둘 바를 몰라 하며 말했다.

"미… 미안하다, 얘야. 하도 징그럽게 고문을 해대며 동조자를 불라고 하기에 얼굴은 세수대야만 하고 머리털은 네 가닥만 있는 사람이라고 했는데 실제로 그런 사람이 세상에 있을 줄은 정말 몰랐다. 정말 미안하다."

인상착의

사람 인人 | 모양 상相 | 붙을 착着 | 옷 의衣 사람의 생김새와 옷차림이란 뜻이다. 인상착의만 갖고 사람을 판단하는 어리석은 짓은 금물! 예) 쟤는 인상착의를 보면 험악하지만 얼마나 착한지 마음이 비단결이야.

그제야 노빈손은 자신을 잡아 온 사내가 진나라의 첩보 기관원이고
자신은 졸지에 진나라 반역 세력이라는 누명을 뒤집어쓴 것을 깨닫게
되었다.

"이런 게 어딨어요! 제 얘기도 들어 보지 않고. 저 제소할래요."

"본의 아니게 너한테는 미안하다만 이곳에 들어온 이상 나갈 수 있
는 가능성은 전혀 없다. 이것도 운명이라 생각하고 나처럼 세상 하직
할 준비나 하거라."

"말도 안 돼요. 아저씨, 그러지 말고 함께 탈출할 방법을 찾아봐요.

상앙의 변법 (變法)

중국 역사상 가장 강력한 개혁가로 손꼽히는 상앙은 변방의 작은 나라, 진을 전국시대 최강으로
만든 정치가이다. '상앙의 변법'을 만들어 국가를 개혁하였는데, 통제를 강화하기 위해 서로 감시
하게 하는가 하면 타인의 잘못을 알고도 고발하지 않으면 허리를 자르는 가혹한 형벌도 내렸다.

제가 세계 여행하면서 여러 종류의 감옥에서 빠져 나온 경험이 있거든요."

어세신의 눈에 서린 검광이 부드러운 빛으로 바뀌었다.

"후후, 살아 나간다면 좋겠지. 하지만 막상 수십 번 까무러치는 모진 고문을 받으면서 오히려 내 안의 증오와 분노가 이상하게 사라지고, 아버지를 해친 사람들이나 나를 괴롭히는 사람들이 측은해지더구나. 인생은 하룻밤의 꿈이요, 복수도 전쟁도 와각지쟁蝸角之爭인걸, 뭐. 어차피 죽을 각오를 했으니 죽는 것은 전혀 두렵지 않다. 그렇지만 네게는 정말 미안하구나. 용서하렴."

"저는 포기하지 않을 거예요. 분명히 이 감옥에도 뭔가 약점이나 비밀 같은 게 있을 거라고요."

"그래, 혹시 모르지. 워낙 사연이 많은 감옥이니 '열려라, 참깨' 같은 주문이 숨어 있을지도."

도인 같은 말을 남기고 어세신은 다시 드러누웠다.

노빈손은 눈에 불을 켜고 두리번거리기 시작했다. 그러나 사방 벽들이 그야말로 강철처럼 단단해서 어디 한 군데 히술한 구석이 없었다.

노빈손은 감옥 안을 한참 서성거리다가 지쳐서 드러누웠다. 달빛이 살짝 작은 창문으로 들어오자 벽에 쓰인 글들이 눈에 들어왔다.

오랜 기간 동안 수감된 사람들이 남겨 놓은 수많은 낙서들이었다. 어려운 한자 투성이라 대충대충 넘기던 노빈손은 유독 특이한 세 문장을 발견했다. 마치 누군가에게 읽혀지길 바란 듯 아주 깊게 파 놓은

와각지쟁

달팽이 외蝸 | **뿔 각角** | **어조사 지之** | **다툴 쟁爭** 달팽이의 뿔(촉각) 위에서 싸운다는 뜻. 작은 나라끼리의 싸움이나 하찮은 일로 벌이는 다툼을 비유하는 말이다. 예) 수많은 인명이 살상되는 비참한 전쟁도 와각지쟁이다. 잔인한 폭력이 아니라 화해와 협력을 바탕으로 분단을 극복해야 한다.

낙서였다.

十月十日
一口實 四口虛
上田下川

"한자는 쉬운데 무슨 뜻인지 도통 모르겠군. 음… 허나, 나의 발달된 촉수로 감지해 보건대, 무슨 사연이 있는 글자들 같아. 아저씨, 그만 주무시고, 이것 좀 읽어 주세요."

어세신이 어이없다는 듯 말했다.

"그건 낙서 나부랭이가 아니냐? 그리고 그런 간단한 문장도 해석하지 못하다니. 쯧쯧……

열 십, 달 월, 열 십, 날 일

하나 일, 입 구, 실할 실, 넉 사, 입 구, 빌 허

위 상, 밭 전, 아래 하, 내 천

즉 시월 십 일, 한 입은 실하고 네 입은 허하며, 위는 밭이요 아래는 시내로다."

"네? 그 무슨 귀신 씨나락 까먹는 소리예요?"

"그러니까 아무 의미 없는 낙서 나부랭이라고 했잖아. 바깥 세상 일은 잊어. 일장춘몽一場春夢일 뿐이야. 잠이나 자."

일장춘몽

한 일一 | 마당 장場 | 봄 춘春 | 꿈 몽夢 한바탕의 봄꿈처럼 헛된 영화나 덧없는 일이란 뜻으로, 인생의 허무함을 비유하여 이르는 말이다. 예) 참말로 세월이 일장춘몽이다. 엊그제 같은 일들이 십 년 전, 이십 년 전, 삼십 년 전의 일이라니……

一場春夢

"피이~."

노빈손은 굴하지 않고 뚫어지게 벽의 글자들을 바라보았다.

"획이나 점이 일정한 힘으로 파인 걸 보면 막 휘갈겨 쓴 다른 낙서와는 좀 달라 보여. 이거 혹시 감옥의 비밀이 담긴 암호 같은 거 아닐까?"

노빈손은 글자들을 이렇게 저렇게 다시 써 보기도 하고, 뚫어져라 째려보기도 하며 한참 동안이나 머리를 굴렸다.

그때, 뭔가 찌릿한 게 노빈손의 뇌를 스쳐 갔다.

"그래! 그거였어! 한문 시간에 새로 나온 한자 쓰기 숙제가 그렇게 싫고 지겹더니 이렇게 도움이 될 줄이야."

노빈손이 무릎을 치곤 바닥에 글자들을 합쳐 보았다.

"十月 十日을 조합하면 아침 조(朝), 입 하나는 실하고 넷은 허하다면 모양으로 보아 우물 정(井), 田 아래에 川이면 쓸 용(用)이다. 역시 나는 난놈이야!"

노빈손은 환호성을 질렀다.

"아침 해가 뜰 때 우물을 이용하라는 뜻이었어! 오, 신이시여, 정녕 제가 생각해 낸 것입니까!"

옆에 누워 이 광경을 보고 있던 어세신이 또 한 번 어이없어하며 코웃음을 쳤다.

"쳇, 무슨 감옥에 우물이 있다는 거냐? 다 황당무계荒唐無稽한 소리야. 애야, 괜한 데 신경 쓰지 말고 잠이나 푹 자라니까."

그러나 노빈손은 자신의 직감을 믿기로 하고 뜬눈으로 밤을 새웠다.

황당무계

허황할 황荒 | 당황할 당唐 | 없을 무無 | 상고할 계稽 언행이 황당하여 상고할 바가 없다는 뜻으로, 말이나 행동이 터무니없고 근거가 없음을 이르는 말. 자꾸 이런 말이나 행동을 하면 안드로메다에서 왔는지 의심을 산다. 예) 황당무계는 닭 종류가 아니라 허무맹랑과 뜻이 비슷한 말이야.

荒唐無稽

"이 철옹성鐵甕城 같은 감옥 안에서 우물을 사용하라는 것이 도대체 무슨 뜻일까?"

해가 뜰 때 뭔가 실마리가 잡힐 것 같아 그때를 놓치지 않기 위해 노빈손은 졸릴 때마다 허벅지를 꼬집어 가며 버텼다.

"잠들면 안 돼. 알리바바와 사만 명의 도둑들을 다 세어 보자. 알리바바와 첫 번째 도둑, 알리바바와 두 번째 도둑……."

일만 삼천오백열두 명째까지 셌을 때 이윽고 새벽 동이 터 올랐다.

손바닥만 한 창문 안으로 아침 해가 들어와 벽면을 살짝 비추었다. 바로 그때였다.

귀퉁이 벽면에 희미하게 우물 정(井) 자 모양이 보였다가 이내 사라졌다.

"와! 휴대 전화 버튼에서 자주 보던 우물 정 자다."

노빈손은 재빨리 우물 정 자가 나타났던 곳을 손으로 밀어 보았다. 놀랍게도 강판처럼 단단했던 벽돌이 거짓말처럼 쑥 빠져 나갔다.

"앗싸 가오리! 물리학적 이론과는 어긋나지만 고대 건축물 중에는 현대 과학으로 풀지 못하는 것들이 많다더니, 이건 아마 지구의 자전과 공전, 달의 인력과 조수 간만의 차를 이용한 특수공법이었을 거야."

노빈손의 호들갑에 잠에서 깬 어세신은 깜짝 놀랐다.

"이 친구, 정말 대단하군!"

노빈손은 만일을 대비해 구멍에 다리부터 집어넣었다. 몸은 빠져 나갈 만했지만 용적이 큰 머리가 문제였다.

鐵
甕
成

철옹성 ────────

쇠 철鐵 | 독 옹甕 | 재 성城 무쇠로 만든 독처럼 튼튼히 쌓은 성이라는 뜻으로, 매우 튼튼히 둘러싼 것이나 그러한 상태를 비유하여 이르는 말이다. 예) 이탈리아 축구팀의 빗장 수비는 마치 철옹성같이 견고해 보여.

"아우, 식초 좀 많이 먹어 둘걸."

머리를 겨우 집어넣고 노빈손은 어세신을 불렀다.

"아저씨, 빨리 나가요, 어서요."

노빈손의 재촉에 어세신은 손을 내저으며 말했다.

"둘 다 나가면 들통 나기 쉽다. 그러니 너라도 살아 나가렴. 내가 뒤처리할게. 어차피 나 때문에 들어온 것이니 말이다."

"안 돼요, 같이 가요! 이래 봬도 제가 홍익인간弘益人間의 정신으로 똘똘 뭉친 인류애 넘치는 정의의 사나이란 말이에요. 저 혼자는 안 나갈래요. 죽어도 같이 죽고 살아도 같이 살아요, 제발."

노빈손은 돌아서는 어세신의 발뒤꿈치를 낚아채곤 젖 먹던 힘까지 다해 힘껏 끌어당겼다.

쿵.

둘은 동시에 감옥 바깥 바닥으로 떨어졌다.

"애야, 날이 밝아 온다. 같이 다니면 더 위험하니까, 여기서 헤어지자꾸나. 너는 신분이 확실하니 빨리 식객 무리에 합류하렴. 아무튼 고맙다. 하늘이 너를 돕기를 바란다."

어세신은 초승달 모양의 장신구를 노빈손에게 내밀었다.

"잠깐이었지만 포기하지 않는 네 모습에 감동받았다. 아버지의 유품인데 감사의 뜻으로 주고 싶구나."

어세신은 눈을 찡끗하고는 반대편으로 사라졌다.

─────────────── 홍익인간

넓을 홍弘 | 더할 익益 | 사람 인人 | 사이 간間 널리 인간을 이롭게 한다는 뜻으로, 우리나라의 건국이념. 예) 내가 꼴등을 도맡아서 하는 건, 우리 반 아이들에게 홍익인간 이념을 몸소 실천하기 위해서야.

요리의 달인

감옥은 무성한 잡목과 가시덤불로 뒤덮인 은밀한 곳에 위치해 있었다. 작별 인사를 한 뒤 어세신은 바람처럼 사라졌고 노빈손은 이리저리 걸리고 가시덤불에 온몸이 찔려 가며 한참 동안 나가는 길을 찾아 헤맸다. 얼마나 헤맸을까? 만신창이滿身瘡痍가 된 노빈손의 눈앞에 대평원이 끝없이 펼쳐졌다.

아무도 쫓아오지 않는 것을 확인한 노빈손은 크게 기지개를 켰다.

"이야, 공기 한번 좋다. 어세신 아저씨도 무사히 탈출하셨겠지? 진나라 대평원에는 소들이 막 뛰어놀고 좋군."

들판에 뛰노는 소들을 보니 시장기가 발동했다.

"녀석들, 살이 포동포동하게 올랐네, 쩝."

노빈손은 살금살금 다가갔다.

"오우, 역시 무공해 청정 대평원에서 자란 소라 생김새부터 다르군. 여기가 등심, 안심, 양지……"

노빈손은 자기도 모르게 침을 꿀꺽 삼켰다.

그러자 그동안 순한 눈망울로 되새김질을 여유롭게 하고 있던 소 한 마리가 갑자기 뒷발질을 몇 번 하더니 뿔을 치켜세우고 노빈손에게로 달려오기 시작했다. 주변에 있던 소들도 하나 둘 모여들더니 따라서 일제히 땅을 구르며 노빈손에게로 돌진했다.

만신창이

찰 만滿 | 몸 신身 | 부스럼 창瘡 | 상처 이痍 온몸이 성한 데 없는 상처투성이라는 뜻으로, 아주 형편없이 엉망임을 이르는 말이다. 예) 야생에서 1박 2일을 했더니 완전히 만신창이가 되어서 이틀 동안 잠만 잤어.

滿身瘡痍

"으아아아, 너희들 내가 정말 잡아먹겠다고 한 것도 아닌데 왜들 이러냐. 걸음아 날 살려라!"

노빈손은 혼비백산魂飛魄散하여 도망치기 시작했다.

쉭 쉭 쉬익 쉭.

소들은 콧김을 뿜어 가며 계속해서 쫓아왔다. 드넓은 평원이라 어

혼비백산

넋 혼魂 | 날 비飛 | 넋 백魄 | 흩을 산散 넋이 날아가고 넋이 흩어진다는 뜻으로, 몹시 놀라 어찌할 바를 모르는 지경을 나타내는 말이다. 예) 밤에 미라로 변장하고 갑자기 나타난 나를 본 친구들이 혼비백산하여 도망치더군.

디 숨을 데도 없어서 노빈손은 그저 무작정 달리기만 했다. 숨이 턱 끝까지 차오를 때쯤, 평원은 뚝 끊겼고 눈앞에 깎아지른 듯한 절벽이 나타났다.

"아앗, 이게 뭐야. 낭떠러지잖아. 아! 안 돼~!"

노빈손은 급정거를 하려 했으나 워낙 빠른 속도로 달렸기 때문에 멈추지 못하고 그대로 낭떠러지 아래로 굴러떨어지고 말았다.

"아이코야."

한참을 데굴데굴 구르다가 다행히 낭떠러지 중턱에서 자라고 있던 나무의 뿌리를 잡고 간신히 멈췄다.

"애고고, 이게 무슨 날벼락의 연속이람? 가뜩이나 온몸이 상처투성이인데 이제는 욱신거리기까지. 살아 있는 게 다 신기하구나. 아효~, 아파라."

노빈손은 나무뿌리들을 붙잡으며 낭떠러지 아래까지 조심조심해서 내려가느라 팔다리가 후들후들거리고 기진맥진氣盡脈盡했다.

"여긴 또 어디지? 지금쯤 형님들이 날 찾느라 난리도 아닐 텐데……."

노빈손은 아픈 것도 잊은 채 이리저리 길을 찾아보았다.

"아, 저기 숲이 있구나. 개울도 흐르고 말이야. 저기 가서 물 좀 마시고 쉬어야겠다. 애고고."

때는 초여름이라 햇살을 받아 투명하게 반짝이는 연초록 숲은 영혼을 맑힐 듯 싱그러웠다.

숲 속에는 새하얀 몸매를 한껏 뽐내고 있는 자작나무들이 곧게 자

기진맥진

기운 기氣 | 다할 진盡 | 맥 맥脈 | 다할 진盡 기력이 다 없어지고 맥이 풀렸다는 뜻이다. 예) 놀토라고 점심도 굶고 하루종일 축구했더니 완전히 기진맥진이야.

라고 있었고 흐드러지게 피어난 연보랏빛 자운영 군락과 그 사이 사이로 고개를 내민 쪽풀들, 노랑·주황 별이 뜬 것 같은 각종 나리꽃들이 어우러져 환상적 풍광을 연출하고 있었다.

맑은 개울이 돌 틈을 비집고 피어난 물봉선화 잎사귀를 살짝살짝 건드리며 졸졸 흐르고 개울 건너편에는 복숭아나무, 오얏나무 들의 열매가 막 익어 가고 있었고 산뽕나무에 검붉은 오디들이 옹기종기 열려 있는 것이 보였다.

아름드리 물푸레나무 위에서는 노란 재킷을 입은 듯한 꾀꼬리들과 두툼한 부리가 매력적인 밀화부리들이 청아한 고음으로 노래하고 있었다.

쭈쭈주~~삐~~~유욱.

쭈주주 삐유우 욱.

"이야, 이런 데가 다 있었다니. 무릉도원武陵桃源이 필시 이런 곳일 거야."

지천으로 열려 있는 산딸기와 머루를 찾아 정신없이 따먹고 있는 노빈손을 멀리서 지켜보고 있는 여인들이 있었으니, 진나라 소왕이 가장 총애하는 첩 연희와 수행 궁녀들이었다.

연분홍빛 꽃이 수놓아진 소매가 넓은 장포를 입고 화려한 봉관(鳳冠)까지 쓴 연희가 손가락으로 노빈손을 가리키며 시녀에게 물었다.

"저… 저기 저 오락가락하는 게 뭐냐, 나… 남자 아니냐?"

"네. 그… 그런 거 같은데요."

사람임을 확인한 연희의 화장기 짙은 얼굴에 두려움이 스쳤다.

무릉도원

굳셀 무武 | 언덕 릉陵 | 복숭아 도桃 | 근원 원源 복숭아꽃이 피는 아름다운 곳, 즉 속세를 떠난 이상향을 이르는 말. 무릉의 한 어부가 복숭아꽃잎이 흐르는 물의 근원을 찾아가다 발견한 곳으로 하도 살기 좋아 바깥 세상을 잊었다는 데서 유래. 예) 엄마의 잔소리가 없는 곳이 무릉도원.

"아니, 우리만의 여름 휴양 비밀 정원인 하지원(夏芝苑)의 실체가 탄로 났단 말이냐? 이리저리 살피는 행동을 보니 정말 수상한 놈 같다. 얘, 장미란아, 네가 한번 가 보거라."

"네, 알겠사와요, 연희 님."

머리를 양 갈래로 빗어 올려 뒤로 둥글게 묶은 우람한 체구의 궁녀 하나가 소매를 걷어붙이며 소리 질렀다.

"여봐라, 거기서 서성대는 너는 누구냐? 이리 와 보거라, 냉큼."

정신없이 산딸기를 입으로 가져가던 노빈손은 갑작스런 사람 소리에 머리를 돌렸다.

"아, 안녕하세요. 저는 서성대가 아니고 노씨 가문의 빈손입니다. 이렇게 사람을 만나니 반갑네요."

반질반질한 머리로 태양빛을 반사하며 뒤돌아서는 노빈손의 흙범벅이 된 얼굴을 보는 순간, 연희를 비롯한 모든 여자들이 파안대소破顏大笑했다.

"호호호, 어머, 쟤 정말 재밌게 생겼다."

"그러게. 호호호. 혹시 가면 쓴 거 아닐까?"

노빈손은 궁녀들의 웃음을 뒤로한 채 연희를 보고 반색했다.

"어라! 이분 익숙한 얼굴인데 어디서 봤더라? 저잣거리 호떡집에서였나……."

"호떡집이라니!"

장미란이라 불린 궁녀가 주먹을 치켜들고 소리쳤다.

"우리 임금님이 가장 총애하시는 진나라 제일의 미인에게 무슨 망

파안대소

깨뜨릴 파破 | 낯 안顏 | 클 대大 | 웃음 소笑 얼굴이 찢어지도록 크게 웃는다는 뜻으로, 한바탕 크게 웃음을 이르는 말이다. 예) 은반의 요정이라고 뽐내던 내가 얼음판에서 넘어지자 친구들이 모두 파안대소했다.

破
顏
大
笑

발이야!"

그러자 연희가 비단옷을 서걱거리며 손을 내저었다.

"그만 됐다, 애야. 농담도 못 하게 해서야 되겠느냐."

연희는 눈웃음을 지으며 노빈손에게 물었다.

"노빈손이라고 했니? 호떡집 주인이 미인이었나 보구나?"

"네에? 미인이라구요? 글쎄요… 주근깨가 얼굴 가득 있었던 것 같기는 한데……."

연희는 주근깨 얘기가 나오자 마치 도둑질하다 들킨 사람마냥 화들짝 놀랐다.

'허억……. 이 녀석이 설마 내가 주근깨를 화장술로 위장한다는 걸 알고 하는 얘기는 아니겠지?'

노빈손이 웃으며 말했다.

"그러고 보니 제 여자 친구 말숙이도 주근깨가 있네요. 스스로 경국지색傾國之色이라고 우기지만, 사실 미인은 아니거든요. 하지만 지는 부담스럽게 예쁜 얼굴보다는 귀여운 주근깨가 있는 친근한 얼굴이 더 좋더라구요."

"그래, 네가 여자 보는 눈이 좀 있구나. 맘에 든다. 내 이름은 '연희(燕姬)'라고 하느니라. 제비 연, 아가씨 희. 제비처럼 날씬하고 예쁘다는 뜻이다. 족제비도 아니고 수제비도 아니고 물찬 제비 말이다. 그나저나 진나라 사람 같진 않은데, 어디서 왔느냐?"

"제나라요."

"제 나라? 그럼 제 나라에서 왔겠지, 남의 나라에서 왔을까?"

경국지색

기울 경傾 | 나라 국國 | 어조사 지之 | 빛 색色 임금이 혹하여 국정을 게을리함으로써 나라를 기울게 할 정도로 매우 아름다운 여자를 일컫는 말이다. 예) 내 미모를 보아 옛날에 태어났으면 경국지색이었을 것이 분명해.

노빈손은 픽 하고 웃었다.

"참내, 지금 유머 하신 거예요? 아유, 나라 이름이 제(齊)란 말이에요."

연희는 낯을 붉히며 반격을 시도했다.

"그렇다면 네가 이번 제나라에서 왔다는 맹상군의 식객 중 한 사람? 설마 그럴 리가."

"네, 맞아요. 식객이지, 자객은 아니니까 안심하세요."

"음… 그래. 하긴 여자 보는 눈이 제대로 되었는데 나쁜 사람일 리가 없겠지. 그런데 여긴 어떻게 온 거지?"

"잠시 길을 잃고 굴러떨어진 곳이 이곳이었을 뿐이에요. 정말이에요."

연희는 갑자기 표독스런 인상을 지으며 경계의 말을 잊지 않았다.

"여기는 네가 봐서 알 듯이 1등급 미모의 궁녀 조직인 '미녀시대'만 알고 있는 비밀 장소야. 이곳에 다시 온다든가, 이 사실을 어디 가서 일언반구一言半句라도 언급했다가는 쥐도 새도 모르게 세상을 하직하게 될 것임을 잊지 마라. 알겠느냐?"

"제가 얼마나 바쁘고 할 일이 많은 사람인데요. 여기가 아무리 좋기로서니 다시 오겠어요?"

노빈손은 입을 삐죽이며 말했다.

"그건 그렇고, 먹을 거 좀 없어요? 소풍은 자고로 먹는 재미가 없으면 의미가 없는 법! 배고프지들 않으세요?"

노빈손의 너스레에 연희가 미소를 지으며 맞장구쳤다.

일언반구

한 일一 | 말씀 언言 | 반 반半 | 글귀 구句 한 마디의 말과 한 구절의 반이란 뜻으로, 극히 짧은 말이나 글을 가리킨다. 예) 내 엽기 사진을 일언반구도 없이 자기 페이스북에 올려 버리다니.

"그러고 보니 나도 배가 고프구나. 얘들아, 뭐 좀 먹고 궁으로 돌아가자꾸나."

궁녀들이 주섬주섬 각양각색各樣各色의 음식 재료들을 꺼내는데 없는 게 없었다. 그러나 노빈손은 문득 한국 음식이 먹고 싶어졌다. 목을 간질이는 매콤함이 그리웠다.

"가만, 제가 한번 해볼게요. 고추장이 있으면 좋으련만."

노빈손은 어깨 너머로 엄마에게 배운 음식 솜씨를 발휘해서, 온갖 재료를 넣고 지지고 볶고 간을 맞추어 접시에 담아 내놓았다.

여심을 자극하는 빨간 색깔과 자극적인 냄새는 모든 이들의 침샘에

각양각색

각각 각各 | 모양 양樣 | 각각 각各 | 빛 색色 모양과 색깔이 제각각이라는 뜻이다. 형형색색, 가지 각색 등의 비슷한 말들이 있다. 예) 까맣게 탄 것, 덜 익은 것, 딱딱한 것 등 말숙이가 구운 빵은 각양각색이었다.

서 아밀라아제를 무한정 생산하게 만들었다.

"세상에, 이런 아름다운 색과 향기가 나는 음식이 다 있다니. 빨리 좀 먹어 보자."

연희와 궁녀들은 순식간瞬息間에 먹어치우더니 탄성을 내뱉었다.

"와우! 이건 환상 그 자체야."

"극락에 먹을거리가 있다면 바로 이런 맛일 거야."

"이것보다 더 맛있는 건 세상에 없을 거야."

"십 점 만점에 십 점!"

앞다투어 찬사가 쏟아져 나오니 노빈손은 어깨가 으쓱해졌다.

흥분이 채 가시지 않은 채 연희가 노빈손을 붙들고 물었다.

"웃기게 생긴 녀석이 요리 하나는 제대로군. 노빈손이라고 했지? 이거 정말 최고다. 생전 처음 보는 건데 도대체 이 음식의 이름이 뭐냐?"

"간식의 백미라고 할 수 있는 떡볶이요."

"엥? 덕복귀(德福貴)라고? 이름 또한 근사하구나. 덕망이 높고 복스러우며 존귀한 사람들에게 어울리는 음식이란 말이겠지? 그럼 나랑 딱이네, 딱이야. 오호홍."

"하하. 네, 좋을 대로 생각하세요."

"나 이거 매일 먹을 수 없을까? 빈손아, 나랑 같이 가자. 당장 널 궁궐 수라간에 정규직으로 발령을 내 줄게."

연희는 신이 나서 노빈손을 부추겼다.

순식간

깜짝일 순瞬 | 쉴 식息 | 사이 간間 눈을 한 번 깜빡이거나 숨을 한 번 쉴 동안과 같이 매우 짧은 시간. 예) 작은 불씨에서 시작된 산불은 순식간에 산 전체로 번졌다.

 **박힌 돌의 반란**

맹상군 일행이 진나라에 등장하고 나서 진나라 조정은 크게 술렁이기 시작했다. 맹상군이 혼자 들어온 게 아니라 삼백 명의 식객들을 데리고 들어왔기 때문이었다.

이를 바라보는 중신들은 불안감이 극에 달해 보이지 않는 불만세력으로 결집되기 시작했다. 이날도 조정에서는 그 일로 시끄러웠다.

"이보게, 왕께서 정말 맹상군인지 맹탕국인지 하는 그 자를 재상으로 삼으면 어떻게 하지?"

"그동안 하마평下馬評에 영순위로 오르내리던 모함해 어른이 재상 자리에 못 오르면 그 뒤 순위인 우리도 승진하긴 다 글렀어."

"어허엄."

두어 번 헛기침을 하고 송충이 같은 눈썹을 씰룩거리며 진나라 대신인 모함해(毛咸害)가 팔자걸음으로 들어섰다.

"에이잉~. 내가 저 제나라 촌뜨기보다 못한 게 뭐가 있다고, 원 참. 왕이 분별없이 외제 선호 사상에나 젖어 있고 말이야."

그러자 주변 중신들이 일제히 맞장구를 쳤다.

"맞아요, 맞습니다."

이에 고무된 듯 모함해는 눈 밑 심술보를 불규칙적으로 떨며 목소리를 한 옥타브 높였다.

하마평

아래 하下 | 말 마馬 | 평할 평評 관직의 인사 이동이나 관직에 임명될 후보자에 관해 세상에 떠도는 소문이란 뜻으로, 관리들을 태워 갖고 온 마부들이 상전들이 관아에 들어가 일 보는 사이 상전들에 대해 평했다는 데서 유래한다. 예) 네가 이번 선거에 유력한 후보라고 하마평이 무성하던데?

"아무튼 저 놈을 그냥 두면 안 되겠어, 내가 재상직에 오르지 못하면 자네들도 다 모가지인 거 알지? 맹상군이 데려오는 인간들로 주요 관직이 채워진다는 것은 명약관화明若觀火한 일. 강 건너 불구경 하듯 손 놓고 있을 때가 아니야. 우리 힘을 모으자고."

"그럼, 해치워 버립시다."

중신들이 입을 모았다.

"그래요, 우리가 힘을 합한다면 제나라 떨거지들의 존재는 해가 뜨면 사라지는 이슬에 불과할 겁니다요."

"자객을 보낼까요?"

분위기가 한껏 고조되자 모함해는 자기 수염을 배배 꼬며 야비한 웃음을 흘렸다.

"아니지, 그 일을 우리가 직접 하면 안 되는 것이지."

"아니, 그게 무슨 소리예요? 그럼 누가 그 일을 한단 말입니까?"

"우리 칼에 피를 묻히지 말고 왕이 직접 제거하도록 부추기기만 하잔 말이야. 내 말 뭔 뜻인지 알아듣겠어?"

모함해는 비열한 웃음을 머금었고 중신들의 동공은 일제히 커졌다.

"어떻게요?"

"뭐 다른 뾰족한 수가 있나? 우리 왕의 얇은 귀를 자극하여 팔랑팔랑거리게 만드는 거지."

"아하! 무슨 말씀인지 잘 알겠습니다, 킬킬킬."

중신들은 한참이나 모의를 더 한 후 서둘러 왕에게 몰려갔다.

明
若
觀
火

명약관화

밝을 명明 | 같을 약若 | 볼 관觀 | 불 화火 분명하기가 불을 보는 것 같다는 뜻으로, 점쟁이가 아니어도 빤하게 미래가 예측될 때 쓰는 말이다. 예) 자꾸 그런 식으로 하면 네가 차일 거라는 건 명약관화해 보인다.

"대 진나라의 위대한 왕이시여, 문안 드리옵니다."

인사가 끝나기 무섭게 모함해는 단도직입單刀直入적으로 용건을 꺼냈다.

"맹상군을 정말 우리 진나라의 재상으로 삼을 것인지요?"

소양왕은 코딱지를 후벼 파면서 대답했다.

"당연하지, 내가 저 맹상군을 불러오려고 어… 얼마나 공을 들였는지 모르고 하는 소린가? 지… 지난번 조나라 인상여를 다들 봤지 않은가. 난 그… 그런 인재가 필요해. 인상여는 너무나 인상적이었어."

그러자 잔뜩 심통이 난 모함해가 말했다.

"맹상군은 태생이 제나라 사람이라 결국은 제나라 좋은 일만 할 것입니다. 그것은 우리 진나라에 해가 되는 것이지요. 이건 삼척동자도 다 아는 일입니다. 정녕 왕께서만 모르신다는 말씀입니까?"

이에 소양왕이 발끈하며 되물었다.

"아니! 모함해 자네도 원래 진나라 추… 출신이 아니지 않은가? 그런 자네가 그리 마… 말하면 쓰나."

"네, 저도 원래 이주 노동자 출신이지요. 하지만 저는 진나라의 밑바닥부터 시작하여 차근차근 올라와 꿈을 이룬 겁니다. 맹상군 그 자가 어디 남의 집 접시 닦고 마당의 풀을 깎아 봤답니까? 눈물 젖은 떡을 먹어 봤냐고요. 진나라에 티끌만큼도 관심 없었으면서 오라고 한다고 넙죽 오는 걸 보니 재상 자리 날로 먹으려는 심보예요. 그 자리가 무슨 광어회인 줄 아나, 아휴 정말."

모함해가 술술 말을 이어가자 다른 중신들도 일제히 한마디씩 거들

단도직입

홀 단單 | 칼 도刀 | 곧을 직直 | 들 입入 혼자서 칼을 휘두르고 거침없이 적진으로 쳐들어간다는 뜻으로, 문장을 쓰거나 말을 할 때 앞에 주저리주저리 얘기하지 않고 바로 요점으로 들어간다는 의미로 쓰인다. 예) 단도직입적으로 얘기해서 널 좋아해.

拔
本
塞
源

기 시작했다.

"생긴 것도 이름 그대로 맹한 상이더군요."

"그리고 데리고 온 인간들 한번 보세요. 어디 하나 정상적인 인간 같아 보이는 자들이 있던가요?"

"인사가 만사라고 했어요. 이런 어리석고 불공정한 인사는 강력하고 찬란한 진나라 역사에 큰 오점을 남기고 말 겁니다."

"맹상군은 필시 구밀복검口蜜腹劍하고 복종하는 척할 게 분명합니다."

"화근은 발본색원拔本塞源이 유일한 답입니다. 속히 서둘러야

발본색원

뽑을 발拔 | 근본 본本 | 막을 색塞 | 근원 원源 폐단의 뿌리를 뽑아 내고 원천을 막아 버린다는 뜻으로, 좋지 않은 일의 근본 원인이 되는 요소를 완전히 없애 버려 다시는 그러한 일이 생길 수 없도록 한다는 의미. 예) 학원 폭력을 발본색원하려는 우리의 노력이 결실을 거두었으면 좋겠다.

해요."

모함해를 비롯, 조정의 신료들이 입을 모아 몇 시간째 계속 맹상군을 헐뜯자 팔랑귀 대왕이란 별명에 걸맞게 소양왕의 마음이 심하게 흔들렸다.

"음…, 그러고 보니 이… 일리가 있군. 그런데 이미 내가 재상직을 약속해 놓았는데 어떻게 하면 좋겠나?"

그러자 기다렸다는 듯 신하 하나가 말했다.

"그걸 지키는 것은 어리석은 일입니다."

"당장 쫓아내 버리십시오."

기다렸다는 듯 신하들이 입을 모았다. 그러자 모함해가 손을 가로저으며 말했다.

"아닙니다. 그냥 쫓아내면 맹상군은 영악한 인물이라 반드시 앙심을 품고 나중에 해코지할 것입니다. 더군다나 이젠 진나라의 상황도 잘 알게 되었으니 만약 제나라가 아닌 다른 나라에서 영입한다면 이는 큰 위험의 불씨가 될 게 뻔합니다. 그러니 쥐도 새도 모르게 없애 버려야 합니다."

관을 벗고 한참 동안 자신의 머리를 쥐어뜯던 소양왕은 자리에서 벌떡 일어나 소리쳤다.

"조… 좋다. 제 발로 걸어 들어온 제나라 놈들을 제거해 버리자! 만약 들키면 가… 간첩죄를 덮어씌우면 된다."

소양왕은 작전을 '함곡관의 여명'이라 이름 붙이고 기회를 틈타 신속하게 일망타진一網打盡을 명령했다.

일망타진

한 일一 | 그물 망網 | 칠 타打 | 다할 진盡 그물을 한 번 쳐서 물고기를 모조리 잡는다는 뜻으로, 한꺼번에 죄다 잡는다는 말이다. 예) 얼마 전 조직 폭력배가 개입된 도박단이 경찰에 일망타진되었다.

 # 화가 도리어 복이 되다

노빈손을 데리고 궁궐로 돌아온 연희는 곧장 수라간으로 가더니 총책임자인 소화자(消化子)를 불렀다.

"이 아이가 세상에, 둘이 먹다 하나가 죽어도 모를 엄청난 음식을 만들 줄 알더라구. 덕복귀라고 하는 건데 데리고 있으면서 어떻게 만드는지 배워서 나 매일 먹게 좀 해줘, 알겠지?"

연희는 이 말만 내뱉고는 자기 방으로 돌아갔다.

그녀가 떠나자 자존심에 심각한 손상을 입은 소화자는 끓고 있던 냄비를 세차게 걷어차며 고래고래 소리를 질렀다. 뜨거운 물이 사방팔방으로 튀었지만 아랑곳하지 않았다.

"내 요리 인생에서 이런 모욕적인 말은 처음이야! 세상에서 제일 맛좋고 소화 잘되는 음식을 만들어 올리는 자타공인 요리계의 군계일학群鷄一鶴인 내게 뭘 배우라고? 더구나 요 새파랗게 젊은 아이에게 말이야. 아이고, 분해라! 아이고 분해!"

한참을 버럭거리던 소화자는 도끼눈을 하고 노빈손을 노려보며 말했다.

"나의 대표 음식을 다 맛보고도 그 덕복귀인지 무슨 귀신인지 하는 게 더 맛있는지 말할 수 있나 보자. 이 음식들보다 덕복귀가 더 맛있다면 내가 당장 사표 쓴다, 써! 얘들아, 지금 당장 음식을 내오거라!"

군계일학

무리 군群 | 닭 계鷄 | 한 일一 | 학 학鶴 무리 지어 있는 닭 가운데 있는 한 마리의 학이라는 뜻으로, 많은 사람 가운데 뛰어난 인물을 이르는 말. 보통의 남자들 사이에서 후광을 등에 업고 나타난 훈남을 발견했을 때 쓸 수 있다. 예) 너의 춤 솜씨는 장기자랑 출연자들 중에 단연 군계일학이었어.

群鷄一鶴

노빈손은 허기진 데다 수라간 대표 음식이란 말을 듣자 절로 식욕이 솟구쳐 올랐다.

"참 자존심 센 분이시네. 알겠어요, 진정한 맛의 승부를 가려 보죠. 이렇게 먹을 걸 주는 대결은 언제나 환영이에요."

잠시 후, 상다리가 휘어질 듯 산해진미山海珍味가 가득 나왔다.

노빈손의 동공에서 강렬한 섬광이 번뜩이고 수저가 모든 그릇을 옮겨 다니며 춤추는가 싶더니 모든 음식이 순식간에 노빈손의 뱃속으로 사라졌다.

"우왕! 넘 넘 넘 맛있다."

와구 와구 와구, 후루룩 쩝쩝쩝.

"한 사나흘 굶은 사람 같구나. 저러다 놋그릇까지 씹어 먹겠다."

"어머나 세상에, 저렇게 모든 음식을 다 잘 먹는 사람은 첨 본다, 얘."

"걸신께서 강림하셨나 봐."

수라간 궁녀들은 노빈손에게서 눈을 떼지 못했다.

얼마나 시간이 흘렀을까, 상 위의 그릇을 마파람에 게 눈 감추듯 모두 비워 낸 노빈손은 젓가락을 놓자마자 바로 뒤로 자빠졌다. 배가 만삭의 임산부처럼 불러서 몸을 가누지 못하고 숨도 제대로 쉬지 못하였다. 긴급 상황이 발생하고야 만 것이다.

"아니, 이거 장난이 아니잖아, 빨리 의원을 불러야겠어."

수라간 사람들이 급히 의원을 데리고 왔다.

의원은 노빈손의 배를 이곳저곳 눌러 보며 혀를 끌끌 찼다.

山海珍味

산해진미

뫼 산山 | 바다 해海 | 보배 진珍 | 맛 미味 산과 바다에서 나는 진기한 산물을 다 갖추어 아주 잘 차린 음식이란 뜻으로, 배가 무지하게 고프면 급식이 산해진미로 보일 수도 있다. 예) 이가 아프면 산해진미도 그림의 떡이야.

"미련하기 짝이 없는 녀석이로다. 이 정도면 위 용적량의 최대치 음식 투여 세계 신기록에 해당할 게다. 분명히. 그냥 두면 위험하니까 일단 위액 분비 촉진탕을 먹여야겠군."

"우웩, 우웩!"

의원의 말이 떨어지기가 무섭게, 노빈손이 헛구역질을 하기 시작하더니 입을 손으로 틀어막으며 밖으로 뛰쳐 나갔다. 그러곤 수라간 뒤편에 쪼그린 채 음식물들을 게워 냈다.

한참을 쏟아낸 후, 다리에 힘이 풀린 노빈손은 바닥에 털썩 주저앉았다.

"과유불급過猶不及이라더니……. 에궁궁……."

벽에 기대 아픈 배를 슬슬 문지르고 있는데, 어디선가 두런두런 이야기하는 소리가 들려왔다.

"대감, 홧병은 좀 어떠신지요?"

"아직도 곡기를 전혀 목 안으로 넘기지 못하고 있소. 으이구, 어디서 굴러먹던 개뼈다귀 같은 제나라 촌놈이 우리 승진 체계를 뒤흔들어 놓다니, 곧 한 계급 진급을 눈앞에 둔 시점에 이 무슨 마른 하늘에 날벼락입니까. 이제 몇 년 지나면 정년퇴임인데 강제 퇴직당하게 생겼습니다. 에잉~, 쿨럭쿨럭."

"하하, 이제 그런 걱정일랑 붙들어 매세요."

"그게 무슨 말이십니까?"

"기뻐해 주세요. 모함해 대감의 주도하에 그동안 우리 진나라 중신들이 모여 작전을 짠 것이 성공했습니다. 이이제이以夷制夷라고나

과유불급

지나칠 과過 | 오히려 유猶 | 아닐 불不 | 미칠 급及 정도를 지나침은 미치지 못함과 같다는 뜻으로, 오버하지 말자는 의미로 쓰인다. 예) 너의 애교는 과유불급이야. 주먹을 부르지.

過
猶
不
及

할까요?"

"어떤?"

"전하를 통해 맹상군 일행을 싸그리 없애는 거죠. 껄껄껄! 이른바 '함곡관의 여명' 작전이지요. 우선 1단계로 어쩌고 저쩌고 쑥덕 쑥덕……."

"아, 정말 잘되었소. 이런 반가운 소식이 있나. 갑자기 돌덩이라도 씹어 먹고 싶습니다. 얼씨구 절씨구 차차차."

이 말을 모두 엿들은 노빈손은 소스라치게 놀랐다.

이 충격이 노빈손의 뇌하수체를 자극하여 위액이 순식간에 다량 분비되었고 극포화 상태의 위장 내 음식물들이 급히 소화되었다.

노빈손은 인사도 하지 않은 채, 궁궐을 빠져나와 달리고 달려 송대관으로 뛰어 들어갔다.

도중에 엎어지고 자빠지고 구덩이에 빠지고 돌부리에 걸리기도 했지만 마치 대승을 거둔 사실을 알리기 위해 마라톤 평원에서 아테네까지 사십여 킬로미터를 전력으로 달린 아테네군의 전령 피디피데스처럼 쉬지 않고 달렸다.

以夷制夷

이이제이

써 이이以 | 오랑캐 이夷 | 절제할 제制 | 오랑캐 이夷 오랑캐로 오랑캐를 무찌른다는 뜻으로, 한 세력을 이용하여 다른 세력을 제어할 때 쓰는 말이다. 예) 잔소리하는 엄마에게 형의 성적표를 보여주는 거지, 그럼 형은 엄마에게 혼나느라 나를 못 괴롭힐 거야. 이것이 바로 이이제이지.

소양왕은 맹상군 일행을 불러들였지만 오기 전의 모든 약속들을 헌신짝처럼 버리고 그들을 죽이려고 합니다. 춘추전국시대가 끝나고 중국을 통일한 진나라가 멸망하고 난 후 중국 천하를 다시 통일한 한(漢)나라의 유방 역시 자신의 충복을 버렸다는 걸 알고 있나요?

◉── 필요 없어지면 버리리라!

토사구팽兔死狗烹

토끼 토 | 죽을 사 | 개 구 | 삶을 팽

토끼를 잡고 나고 나면 사냥개를 잡아먹는다는 뜻으로, 쓸모가 없어지면 자신의 충복마저 제거한다는 의미로 많이 쓰인다.

중국을 통일한 진시황제의 진나라 말기에 여기저기서 반란이 일어나며 나라가 나뉘게 됩니다. 이때 천하를 두고 다툰 두 장군이 있었으니, 바로 유방(劉邦)과 항우(項羽)였죠. 결국 유방이 승리하여 천하 통

일을 이루고 한나라의 황제가
됩니다.

　명문가의 자제에다 두뇌
가 명석하고 천하장사였던
항우에 비해 평민 출신에 별
능력도 없던 유방이 항우를
이길 수 있었던 것은 바로 한
신(韓信)이라는 명장이 있었기에
가능했던 겁니다. 한신은 항우의 군사들에게 연패하던 유방이 역전해
서 패권을 차지하게 만든 1등 공신이었습니다.

　하지만 너무나 뛰어난 능력을 지닌 한신은 자신의 재능으로 인해
단명하고 말았던 안타까운 인물이기도 해요. 그것도 자신이 주군으로
모신 유방에게 제거되는 운명을 맞는 한신의 심정을 '토사구팽'보다
더 잘 표현한 말은 없을 겁니다.

　항우를 무찌르고 천하를 통일한 유방은 한신의 공을 인정해 한나라
의 속령(屬領:어떤 나라에 딸린 영토)인 초나라 왕에 봉했습니다. 그런데
유방은 한신의 힘이 자신을 위협할 정도로 커졌다는 것을 알고 마침
내 한신을 제거하려는 음모를 꾸밉니다.

　마침 항우의 신하였다가 한신에게 몸을 의지하는 종리매(鐘離昧)라
는 장수가 있었습니다. 유방은 한신에게 종리매를 잡아서 끌고 오라
고 명령을 내립니다. 한마디로 한신을 곤경에 빠뜨린 거죠.

　그리고 유방은 한신에게 적장 종리매를 숨겼다는 죄를 물어 초나라

의 제후로 강등을 시킵니다. 고민을 하던 한신은 결국 부하들의 만류를 뿌리치고, 자결한 친구 종리매의 머리를 들고 유방에게 갑니다. 한데 유방은 곧바로 한신을 포박하여 처형을 시키죠. 그때 한신은 자신의 심정을 이렇게 말했다고 합니다.

"교활한 토끼가 죽으니 좋은 개는 삶겨지고, 높이 날던 새가 사라지니 좋은 활도 광에 박히고, 적국이 깨어지니 지략 있는 신하도 죽는구나! 천하가 이미 정해졌으니 나도 이렇게 삶기는구나!"

사람은 서로를 향한 신뢰와 정으로 만나야지, 자신의 이익과 필요에 따라 만나서는 안 되는 것입니다.

소양왕이 그랬듯, 달콤한 목소리로 다가와 뒤통수를 치는 경우가 또 있습니다.

◉— 달콤한 말을 하는 자를 조심하라!

구밀복검口蜜腹劍

입 구 | 꿀 밀 | 배 복 | 칼 검

입 속에는 꿀을 담고 뱃속에는 칼을 품었다는 뜻으로, 말로는 친한 체하지만 속으로는 해칠 생각을 품고 있음을 비유하여 이르는 말이다.

당(唐)나라 현종(玄宗) 후기에 이림보(李林甫)라는 재상이 있었습니다. 그는 전형적인 궁중 정치가로 태자는 물론이고 그 유명한 무장 안록산(安祿山)조차도 그를 두려워했어요. 뇌물로 환관과 후궁들의 환심을 사는 한편 현종에게 아첨하여 마침내 재상 자리를 차지한 그는, 당시 양귀비(楊貴妃)에게 빠져 나랏일을 멀리하려는 현종을 더욱 부추기며 조정을 장악했죠.

이림보는 바른말을 하는 충신이나 자신의 권위에 위협적인 신하가 나타나면 가차 없이 제거했습니다. 그는 정적(정치에서 대립되는 처지에 있는 사람)을 제거할 때 먼저 상대방을 한껏 추켜올린 다음 뒤통수를 치는 수법을 썼기 때문에 벼슬아치들은 모두 이림보를 두려워하며 이렇게 말했다고 합니다.

"권세와 지위가 장차 자기를 압박할 만한 사람은 반드시 여러 계책으로 제거하고, 공부하는 선비들은 딜콤한 말로 속이고 몰래 함정에 빠뜨리니, 이림보의 입에는 꿀이 있고 뱃속에는 칼이 있다."

복수를 위해 잠시 자신의 진짜 얼굴을 숨기는 경우도 있습니다.

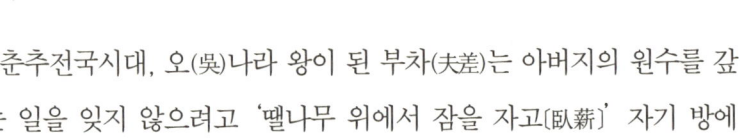

◉─ 원수를 갚기 위해 참으리라!

와신상담 臥薪嘗膽

누울 와 | 땔나무 신 | 맛볼 상 | 쓸개 담

땔나무 위에 눕고 쓸개를 맛본다는 뜻으로 원수를 갚기 위해 괴롭고 어려운
일을 참고 견딜 때 이르는 말이다.

　춘추전국시대, 오(吳)나라 왕이 된 부차(夫差)는 아버지의 원수를 갚
는 일을 잊지 않으려고 '땔나무 위에서 잠을 자고〔臥薪〕' 자기 방에
드나드는 신하들에게는 방문 앞에서 아버지의 유언을 외치게 했죠.
　"부차야, 월(越)나라 왕 구천(勾踐)이 너의 아버지를 죽였다는 것을
잊어서는 안 된다!"
　그때마다 부차는 임종 때 아버지에게 약속한 그대로 대답했어요.
　"예, 결코 잊지 않고 3년 안에 꼭 원수를 갚겠나이다."
　이처럼 밤낮 없이 복수를 맹세한 부차는 은밀히 군사를 훈련하면서
때가 오기만을 기다렸죠.
　이 사실을 안 월나라 왕 구천은 참모가 반대했으나 듣지 않고 선제
공격을 감행했습니다. 결국 월나라 군사는 복수심에 불타는 오나라
군대에게 대패하여 회계산(會稽山)으로 도망쳤습니다. 오나라 군사가
자신의 군대를 포위하자 진퇴양난에 빠진 구천은 할 수 없이 항복합
니다. 오나라의 재상에게 많은 뇌물을 바친 뒤 부차에게 신하가 되겠

다고 한 것이죠. 이때 오나라의 신하인 오자서(伍子胥)가 "후환을 남기지 않으려면 지금 구천을 죽여야 한다"라고 조언했으나 부차는 구천의 청원을 받아들이고 귀국까지 허락했습니다.

구천은 오나라의 속령이 된 월나라로 돌아와 항상 곁에다 쓰디쓴 쓸개를 곁에 놔두고 앉으나 서나 그 쓴맛을 맛보며〔嘗膽〕회계산의 치욕을 떠올렸습니다. 겉으로는 밭 갈고 길쌈하는 농군처럼 위장하고 은밀히 군사를 훈련하며 복수의 기회를 노렸죠.

회계산의 치욕의 날로부터 12년이 흐르고 부차가 천하의 패권을 차지하기 위해 지방에서 제후들과 만나는 사이에 구천은 군사를 이끌고 오나라로 쳐들어갑니다. 그리고 7년에 걸친 싸움 끝에 오나라의 도읍 고소(姑蘇)에서 구천은 오나라 왕 부차를 굴복시키고 마침내 회계산의 치욕을 씻게 됩니다.

부차는 시골에서 여생을 보내라는 구천의 호의를 사양하고 자결하고 말죠. 그 후 구천은 부차를 대신하여 천하의 패자가 됩니다.

4장

함곡관의 여명

배신 그리고 기회

"저 저 저 저 저 저기요. 하악, 학학학. 매… 매… 맹… 사… 사… 상 군 니… 임."

맹상군을 다급히 부르는 노빈손의 소리에 여러 식객들이 뛰쳐 나왔다. 금방 돌아온다고 나가서는 함흥차사咸興差使였던 노빈손이 갑작스레 나타났으니 다들 몰려드는 게 당연했다.

"앗, 감감무소식이었던 노빈손이다!"

"노빈손이 돌아왔어!"

뒤늦게 신발을 끌며 맹상군이 나왔다.

"아니, 노빈손 군! 도대체 어디로 사라졌다가 이제야 나타났나? 이런 고얀지고. 어디서 사고 치고 온 게야?"

"사… 사… 사고 친 게 아니에요. 제… 제… 제가 정보수집과에서 이… 일하잖아요."

"더듬지 말고 천천히 말 좀 하게."

"숨이 차서 그래요. 애고… 숨 차라."

한참 동안 심호흡을 하며 진정시킨 후 노빈손은 그간의 일들을 털어놓았다.

"제가 말없이 사라진 건 우리 정보 수집과의 철칙이 왼손이 하는 일을 오른손이 모르게 하는 것이어서 그랬어요. 본분에 충실했던 거라

함흥차사

다 함咸 | 일어날 흥興 | 부릴 차差 | 사신 사使 조선 태조 이성계가 두 차례에 걸친 왕자의 난에 격분하여 함흥으로 가버린 뒤, 태종 이방원이 그 아버지의 노여움을 풀고자 함흥으로 여러 번 사신을 보냈으나 이성계는 그 사신들을 죽이거나 가두고 보내지 않았다는 고사에서 비롯되었다. 심

고요."

팔짱을 끼고 노빈손을 쳐다보던 서무포(徐無抱)가 비아냥댔다.

"아이고, 그래 잘했다 잘했어. 보나마나 또 싼 티 나는 정보들을 다량 수집해 왔겠지. 오늘 진나라 소양왕 밥에서 어여쁜 왕바퀴벌레 한 쌍이라도 나왔다더냐?"

평소 투덜이라 불리는 사람다운 말이었다.

부름을 간 사람이 소식이 아주 없거나 또는 회답이 좀처럼 오지 않음을 비유할 때 쓰는 말이다. 비슷한 말로 '감감무소식'이 있다. 예) 화장실 간다는 사람이 함흥차사군. 이 친구는 계산할 때가 되면 꼭 화장실을 간다니까.

"그런 정보가 아녜요. 큰일 났어요. 우린 이제 다 죽게 생겼다고요! 빨리 도망가야 해요."

새로운 나라에서의 일을 계획하느라 마음이 들떠 있는 식객들에겐 귓등으로도 들리지 않았다.

"이놈아, 이 경사스런 날에 다 죽다니, 그게 무슨 재수 없는 소리야! 맹상군 님이 재상이 되고 우린 팔자 고칠 일만 남았는데. 이 녀석 밖에 나가더니 정신까지 나간 거 아냐?"

서무포가 한마디 더 거들었다.

"저게 어디서 사고 친 거 감추려고 미리 꼼수를 쓰는 거야. 역시 한심한 녀석이군. 쯧쯧."

마음이 급하기만 한 노빈손은 답답했지만 그동안의 상황들을 미주알고주알 설명할 시간도, 의혹에 답변할 정신도 없어 본론부터 이야기했다.

"그런 게 아니에요. 제가 진나라 궁궐 안에서 대신들이 이야기하는 것을 직접 들었어요. 진나라 왕이 변심을 한 것 같아요. 진짜란 말이에요."

노빈손이 팔을 휘이휘이 젓는 등 요란한 동작으로 사태의 심각성을 설명했지만 맹상군은 여전히 이해가 되지 않는다는 표정으로 물었다.

"무슨 뚱딴지같은 소린가? 아니, 자기가 그렇게 간곡하게 우리를 불러 놓고 죽이려 한다니, 그런 어불성설語不成說이 어디 있나? 우선은 기다려 보세."

노빈손은 답답하여 가슴을 치며 말했다.

어불성설

말씀 어語 | **아닐 불不** | **이룰 성成** | **말씀 설說** 말이 될 수 없는 말이라는 뜻으로, 말이 조금도 사리에 맞지 않음을 일컫는 말이다. 예) 오로지 연필과 책만 붙들고 앉아 공부만 시키면서 창의적인 두뇌 계발을 기대한다는 건 어불성설이다.

語不成說

"기다리긴요, 이미 끝났어요. 처음에는 우리를 극진히 대접한 게 맞아요. 하지만 진나라 소양왕은 귀가 얇아 팔랑귀 대왕이라는 별명이 있더라고요. 대신들이 벌 떼처럼 들고 일어나서 우리를 없애야 한다고 하니 그 말에 넘어갔대요."

노빈손은 연희를 만난 일과 수라간에서의 사고, 그리고 그곳에서 들은 이야기들을 다 말했다.

그제야 노빈손의 말이 사실임을 알게 된 맹상군은 좌불안석坐不安席이었다.

"그렇담 이 일을 도대체 어쩐단 말인가. 지금 상태로는 제나라와 연락도 안 되는 데다가 진나라에 우리를 도울 사람은 아무도 없는데. 우째 이런 일이."

맹상군이 심리적으로 흔들리는 모습이 역력하자 투덜이 서무포가 다시 한마디 했다.

"맹상군 님이 재상 자리를 제의 받은 곳이 진나라가 아니라 저승이었군. 좋다고 따라나선 우리가 바보지."

그의 말에 담긴 불평과 공포가 식객들에게로 퍼져 나갔다.

"아, 이제 우린 개죽음을 당하는 건가?"

"그러기에 진즉부터 진나라 것들을 믿는 게 아니었어."

"청운의 꿈을 안고 식객이 되었건만 이렇게 허무하게 삶을 마감하게 될 줄이야. 괜히 따라나섰어."

"아… 실업자로 놀고 먹어도 제나라에 있을 때가 좋았는데."

"고오오햐앙이 그리이이워어도 모옷가느은 시이이인세에~~~."

좌불안석

앉을 좌坐 | 아닐 불不 | 편안할 안安 | 자리 석席 앉아도 자리가 편안하지 않다는 뜻으로 한 군데에 가만히 앉아 있지 못하고 안절부절 못하는 모양을 말한다. 예) 노빈손은 선생님이 혹시 숙제 검사를 할까 봐 좌불안석이다.

坐不安席

"어무이~~~~~으흐흑흑."

"그것 봐, 내가 안 온다고 그랬잖아. 괜히 자네 때문에 와 가지고 선⋯⋯."

"그래서 지금 내 탓을 하는 건가?"

서무포가 들쑤셔 놓자 식객들이 저마다 신세 한탄을 하여 송대관은 일순간에 초상집을 방불케 되었다. 게다가 자중지란 自中之亂의 분위기마저 조성되고 있었다.

"왜들 별거 아닌 일에 호들갑이신가? 살아날 방법이 아주 없는 것도 아니구먼."

구석에 기대어 엿가락을 입에 문 채 낮잠을 즐기고 있던 황당한(黃糖漢)이 눈을 비비며 말했다. 그는 사차원을 넘나드는 정신세계의 소유자로 독특한 발상을 인정받아 식객이 된 자였다.

"뭐? 뭐? 그 방법이 도대체 뭔가?"

평소 보통 사람들의 사고 체계와는 전혀 다른 방식을 가지고 있는 황당한이었지만 물에 빠진 사람 지푸라기라도 잡는 심정으로 다들 그의 입을 뚫어져라 쳐다보았다.

"진나라 왕이 마음을 다시 고쳐먹으면 되지 않겠어?"

옆에 있는 식객 하나가 그의 머리를 쥐어박으면서 나무랐다.

"으이구, 황당하긴! 누가 그걸 모르냐. 지금 이 상황에서 진나라 왕의 마음을 바꾸게 할 방법이 있을 턱이 없잖아."

"노빈손의 정보에 의하면 왕이 팔랑귀라면서. 그러면 그 반대 이야기를 해줄 사람만 있으면 되네."

자중지란

스스로 자自 | **가운데 중中** | **어조사 지之** | **어지러울 란亂** 혼란에 휩싸여 같은 편 안에서 일어나는 싸움을 말한다. 예) 사이좋던 형제가 나의 미모 때문에 자중지란에 빠지다니!

自
中
之
亂

그러자 다들 한숨을 내쉬며 말했다.

"난 또 무슨 대단한 계책이라도 낼 줄 알았지. 지금 상황에 우리에게 유리한 말을 해줄 사람이 어딨어? 정신 나가지 않고서야."

그때 노빈손이 무릎을 치며 말했다.

"아…, 연희 님! 맞아, 연희 님이 있었어. 그 물찬 제비 아줌마."

"연희? 그게 누군데? 쿵쿵."

허석희가 물었다.

"조금 전에 말했잖아요. 저를 수라간으로 데려갔던 아줌마 말이에요. 본인 말로는 왕이 자기를 애지중지愛之重之해서 자기 말이면 다 들어준다고 했어요. 일단 그 아줌마 한번 만나 보면 무슨 수가 생길 것 같아요."

축 늘어져 있던 맹상군이 몸을 벌떡 일으켜 세웠다.

"자네의 시덥지 않은 정보가 이렇게 요긴하게도 쓰이다니, 참 신기하네. 그래, 돈이든 사람이든 뭐든 다 지원해 줄 테니 자네가 가서 반드시 그 여자의 마음을 움직여 협상해 보도록 하게."

맹상군은 가지고 있던 보물들을 몇 가지 챙겨 주며 말했다.

"아, 그럼 나도 좀 보탤까? 아가야, 협상을 하려면 선물이 있어야 하느니라. 내가 약을 좀 줄 테니 필요할 때 사용하거라."

육년근은 자신의 짐 꾸러미에서 뭔가를 꺼냈다.

"옛다. 내가 조제한 신비의 영약들이다. 이런 건 남녀노소 누구나 좋아할 것이야. 복용법도 다 써 있으니 혹시 필요하면 요긴하게 쓸지니라."

애지중지

사랑 애愛 | 그것 지之 | 무거울 중重 | 그것 지之　어떤 것을 매우 사랑하고 소중히 여긴다는 뜻이다.　예) 내가 애지중지하는 책에 누가 침 흘리면서 잤어?

육년근이 쥐어 준 약주머니에 약 이름과 효능이 일목요연一目瞭
然하게 적혀 있었다.

개보린 皆寶隣
'모두 나의 보배로운 이웃'
백색 환약으로 주변 사람들과의 과도한 경쟁에서 오는 두통 및
불안 증세에 하루 한 알 복용. 마음을 진정시키는 효과.

박하수 薄荷水
'박하 우려낸 물'
산뜻한 청량감이 특징인 박하 성분 함유. 피로 회복 및 피부 미용제.
한 병을 다 마시면 10년 이상 젊어진 듯 혈색이 좋아짐.

울후사 鬱後思
'답답한 일은 뒷날 생각하라'
세상 모든 일을 잊고 잠에 곯아떨어지게 하는 녹색 가루.
간 보호하는 효과도 있음.

一目瞭然

일목요연

한 일一 | 눈 목目 | 밝을 료(요)瞭 | 그러할 연然 한눈에도 훤히 알 수 있을 만큼 분명하고 뚜렷하
다는 뜻이다. 흔히 공부 잘하는 친구의 노트를 보면 이렇게 정리되어 있다. 예) 이것은 비만의 특
징과 관리에 관해 일목요연하게 정리한 자료입니다.

# 오직 하나뿐인 그대

노빈손은 신속히 궁궐로 가서 연희를 만났다.

"족제비도 아니고 수제비도 아닌 물찬 제비 님."

"이게 누구야? 대두 총각 노빈손이 아니냐? 그래 수라간에서 덕복귀 요리법 전수는 잘하고 있니?"

노빈손은 다짜고짜 무릎을 꿇고 연희의 치맛자락을 부여잡으며 눈물 연기를 시작했다.

"연희 님, 저희 좀 살려 주세요. 정말 저희는 진나라 왕이 오라고 초청해서 온 것뿐이지, 아무 잘못도 없단 말이에요. 제발요, 어허헝헝."

울먹이는 노빈손으로부터 자초지종을 듣고 나서, 연희가 차갑게 말했다.

"참 딱하긴 하다만 그건 네 사정이야. 아무리 내 말을 잘 듣는 왕이지만 국가의 중대사라 괜히 왈가왈부 日可日否 했다간 내 목숨까지 달아날 수 있어. 미안하지만 그만 가 줄래? 그리고 다신 찾아오지 않았으면 좋겠다. 공연히 의심받기 싫거든."

여성의 모성 본능을 유발시키려던 1차 읍소 작전이 실패로 돌아갔다. 노빈손은 2단계로 돌입, 소맷자락으로 눈물을 닦은 후 연희의 얼굴을 빤히 쳐다보며 너스레를 떨었다.

"연희 님, 눈물로 안구가 정화되고 보니 지난번 하지원에서 만났을

왈가왈부

이를 왈日 | 옳을 가可 | 이를 왈日 | 아닐 부否 어떤 일을 두고 옳다 그르다 말하는 것을 일컫는다. 예) 애정 없이 왈가왈부하는 것은 옳지 않다고.

日
可
日
否

때보다 훨씬 예쁘시네요. 서시나 포사도 울고 가겠는데요."

"응? 뭐 그렇지. 내 미모가 날이 갈수록 빛나는 게 나 자신도 부담스러울 정도야."

노빈손이 늘어놓는 찬사에 연희는 입꼬리가 올라가며 금방 표정이 부드럽게 변했다. 노빈손은 이 기회를 놓치지 않고 물고 늘어졌다.

"가만! 그런데 주근깨만 있는 줄 알았는데 기미도 보이네요. 그것만 없어도 역사상 최고의 얼굴일 텐데. 정말 아깝네요."

또다시 감추고 싶은 비밀이 노빈손의 입에서 나오자 연희는 화를 버럭 냈다.

"뭐, 뭐야! 이 녀석. 무결점인 내 얼굴에 무슨 잡티가 있다고 거짓말을 하는 거냐, 엉? 너 혼 좀 나 볼래?"

"눈 가리고 아웅입니다. 화장으로 위장하셔도 다 티가 나는걸요."

화장을 덕지덕지한 연희의 얼굴이 불그락푸르락해졌다.

그러자 이때가 오기를 기다렸다는 듯 노빈손이 약주머니를 내밀며 말했다.

"제가 특효약을 좀 가지고 있는데……."

그러자 연희는 찬바람을 거두고 조금 누그러진 목소리로 물었다.

"그래? 뭔데? 그거 정말 효과가 있는 거니? 그리고 정품인 거야?"

"그럼요. 우리 제나라 최고 생약 전문가가 불철주야不撤晝夜로 연구해서 직접 조제한 거라니까요. 그리고 솔직히 평소에 새로 들어오는 예쁘고 어린 궁녀들을 보면 은근 불안하시죠? 밤에 잠도 안 오고 말이에요."

불철주야 ─────────

아닐 불不 | 거둘 철撤 | 낮 주晝 | 밤 야夜 밤낮을 가리지 않는다는 뜻으로, 조금도 쉴 사이 없이 일에 힘씀을 이르는 말이다. 예) 내가 불철주야 연구에 몰두한 결과, UFO의 정체를 밝혀냈어.

연희는 모닥불 앞에 서 있다가 불티가 튄 사람처럼 화들짝 놀랐다.

"허걱! 니가 그걸 어떻게……."

"그럼, 박하수랑 개보린을 복용해 보세요."

연희는 주머니에 쓰인 약 이름과 효능을 찬찬히 읽어 보더니 얼굴에 희색이 만연해졌다.

"이거 나 주는 거지? 아이 좋아라."

"잠깐 이 약들 받고 아시죠? 소양왕께 말씀 드려 주시는 거."

"그래 한번 해보마. 하지만 나도 목숨을 걸고 하는 것이니 만큼 대가를 지불하라고 맹상군에게 이야기해."

노빈손의 눈이 밤하늘의 별처럼 빛났다.

"물론이죠. 뭐든 말씀만 하세요."

"오매불망寤寐不忘 그리던 게 있어. 소양왕이 가진 은여우 겨드랑이 털 모피 '호백구'. 그것과 똑같은 걸 갖고 싶어."

"아니, 뭐라고요? 호백구요? 제나라 최고 장인이 천 마리 넘는 여우의 겨드랑이 털을 뽑아 한 땀 한 땀 엮어 만든 천하 제일의 명품 모피 호백구를 말씀하시는 것인가요?"

"잘 알고 있군."

"제가 알기론 갖고 온 게 그것 하나밖에 없는데……. 다른 것은 안 될까요? 쌍옥팔찌 어때요? 곤륜산에서 난 일급 옥돌을 다듬어 만든 것인데……."

"그깟 것들은 우리 진나라에 널렸어. 내가 맘만 먹으면 얼마든지 가질 수 있다니까. 그런 거 가지고 목숨 걸 생각은 벼룩이 발톱, 개미 눈

오매불망

잠 깰 오寤 | 잘 매寐 | 아닐 불不 | 잊을 망忘 자나 깨나 잊지 못한다는 의미로 그리움이 클 때 쓸 수 있는 말이다. 예) 삼촌은 그렇게 오매불망하던 새 차를 뽑고 좋아한 것도 잠시, 차 문을 잔뜩 긁어 가지고 들어왔다.

꼽만큼도 없어."

연희는 단호하게 말하면서도 호백구를 생각하니 정신이 혼미해지고 가슴이 벌렁벌렁거렸다.

"그 호백구는 여우가 많이 서식하는 제나라의 특산품이라 진나라에는 없어. 특히 맹상군이 가져온 그 호백구의 품질은 정말 환상적이었어. 히잉, 그 형언하기 힘든 보드라운 흰 털이 내 마음을 온통 가져가 버렸어. 완전 모피의 종결품이야. 아아, 호백구가 매일 밤마다 눈앞에 아른거려. 무슨 수를 써서라도 호백구를 가져와, 당장! 그럼 전하께 잘 얘기해 볼게. 알겠지?"

노빈손은 당혹감을 감추지 못하고 다시금 호소했다.

"아, 그건 연목구어緣木求魚예요. 도저히 불가능한 일이니 다른 걸 받아 주세요, 네?"

하지만 연희는 요지부동搖之不動이었다.

"무슨 소리! 내게 목숨을 걸 만한 가치가 있는 건 이 세상에 단 하나 호백구밖에 없어! 다른 건 그 어떤 걸 갖고 와도 난 안 할 거야. 그리고 호백구라도 소양왕이 가진 것과 똑같은 품질이 아니면 안 돼. 자신 없으면 돌아가."

연목구어

오를 연緣 | 나무 목木 | 구할 구求 | 물고기 어魚 나무에 올라가서 물고기를 구하려 한다는 뜻으로 불가능한 일을 무리하게 하려 한다는 말이다. 예) 연목구어란 우물가에서 숭늉 찾는다는 속담과 비슷하지.

그런 짝퉁
다 필요 없어!
호백구를
가져왔!

천하의 노빈손도 답답했다.

'이런 말도 안 되는 요구를 하다니. 그럼 지금 당장 산과 들로 돌아다니면서 희귀종 은여우를 천 마리 넘게 잡아서 겨드랑이의 흰 털만 뽑아 옷을 만들어 내란 말이잖아. 그것도 하루 만에 최고급으로. 정말 대단한 속성 재단사 나오셨다.'

노빈손은 다시 한 번 연희의 마음을 되돌리려 노력했다.

"그럼 제나라로 돌아가서 꼭 그 호백구와 똑같은 걸로 바로 보내 드리도록 할게요. 부탁해요, 네?"

"그걸 날 보고 믿으라고? 안 돼! 돌아가. 내가 맹상군을 책임져야 할 아무런 이유가 없잖아. 호백구 없이는 한마디도 안 할 거야. 다른 얘기할 거면 나가!"

이제 연희와 더 이상의 대화는 불가능함을 느낀 노빈손은 어쩔 수 없이 발걸음을 돌렸다. 양 어깨는 능수버들 가지처럼 한없이 늘어뜨린 채 숙소로 돌아왔다. 노빈손의 이런 모습은 모두가 처음 보는 것이었다.

요지부동

흔들 요搖 | 어조사 지之 | 아닐 부不 | 움직일 동動 흔들어도 꼼짝하지 않는다는 뜻으로 어떠한 자극에도 움직이지 않고 태도에 변함이 없는 것을 뜻한다. 예) 아무리 밥 먹는 양을 줄이고 달밤에 체조를 해봐도 한번 불어난 살은 요지부동이었다.

搖之不動

"죄송합니다, 맹상군 님. 저 빈손이는 빈 손으로 돌아올 수밖에 없었어요. 연희 님이 협상 조건으로 요구하는 것은 단 하나……."

"단 하나라니? 그게 뭔가? 당장 구해 줄 테니 어서 말하게."

"그게… 다름이 아니라……."

노빈손이 우물쭈물하자 맹상군이 다그쳤다.

"아, 그게 뭐냐고! 사람 급해 죽겠구먼. 어서 말해 보게. 뭔데 그래?"

"호… 호백구입니다."

"뭐라고? 호백구라고?"

맹상군은 또 한 번 좌절하고 말았다.

"아, 하늘이 우리를 버리는가? 괜히 그 호백구를 가져와 가지고 후회막급後悔莫及이다, 막급이야. 제나라에도 한 벌밖에 없는 것이었는데 이 허허벌판 진나라 어디에서 그런 옷을 구할 수 있다는 말인가. 보는 눈은 있어서 좋은 건 귀신같이 알아보네, 원. 여우털이나 개털이나 뭐가 다르다고 털은 다 같은 털이지."

또다시 신세 한탄이 시작되었다.

"이제 모든 희망이 사라져 버렸다. 죽을 일만 남았구나. 내 꿈을 펼쳐 보기도 전에 생을 마감해야 하다니 정말 허무하고 허무하도다. 어허형."

그러자 허석희가 톡 끼어들었다.

"그럼 호백구만 있으면 살 수 있다는 말 아닙니까? 킁킁."

"그렇지. 그러나 이 상황에서 어디서 호백구를 구해 온단 말인가?"

후회막급

뒤 후後 | 뉘우칠 회悔 | 없을 막莫 | 미칠 급及 아무리 후회하여도 다시 어찌할 수가 없다는 뜻으로 잘못된 뒤라 아무리 뉘우쳐도 어찌할 수 없을 때 쓰는 말이다. 예) 이렇게 못 만나게 될 줄 알았으면 할아버지를 자주 찾아뵐 걸 후회막급이다.

"저번에 소양왕에게 진상했던 거랑 똑같으면 되잖아요?"

"그러니까 불가능이란 말이지. 그만한 품질의 호백구는 천하에 유일무이唯一無二하다네."

"방법이 왜 없겠습니까? 제게 맡겨 주시고 조금만 기다려 주세요. 오경이 되기 전에 구해 가지고 돌아오겠습니다."

그제서야 맹상군은 허석희의 신기에 가까운 절도 능력을 보고 영입한 사실을 기억해 냈다.

"그래 맞아. 그런 방법이 있지. 하지만 자네만 할 수 있는 일일 게야. 한데 혼자 가도 괜찮겠나?"

"노빈손과 함께 갔다 오겠습니다. 사람이 여럿이면 작업하기 더 불편해요."

맹상군이 의아해하며 물었다.

"왜 하필이면 노빈손인가?"

"노빈손이 궁궐 안을 몇 번 들락날락했으니 궁궐 구조도 좀 알 테고 혹시라도 잡혔을 때 연희가 도와주지 않을까요?"

"그래, 그렇겠군. 그럼 빈손 군, 한 번 더 부탁해야겠네."

맹상군이 애절한 눈빛으로 노빈손을 바라보았다.

유일무이

오직 유唯 | 한 일一 | 없을 무無 | 두 이二 오직 하나만 있지 둘도 없다는 뜻으로, 이 세상에 단 하나밖에 없음을 이르는 말이다. 예) 에릭은 "신화는 멤버 교체 없이 14년 동안 이어온, 아마 세계적으로도 유일무이한 그룹일 것"이라고 말했다.

개 도둑의 카리스마

오늘따라 휘영청 밝은 달이 노빈손과 허석희의 길을 환하게 비춰 주고 있었다.

"빈손아, 너 도덕이 뭔지 아냐? 킁."

"국민 공통 기본 교과에 속하는 과목이죠."

"무슨 소리야? 내가 말하는 건 도척 이야기에 나오는 도둑(盜)의 다섯 가지 덕(德)을 말하는 거다. 예전에 내가 한창 잘 나갈 때는 내 별명이 오덕이었단다."

"오덕후요?"

"크웅 킁, 무슨 소린지. 도둑의 오덕을 갖추었다고 해도 나처럼 도둑을 지키는 개의 마음까지 훔치는 경지에 이르긴 힘들지. 킁."

"뭐라고요? 그럼, 아저씨가 완전 개 같은 사람이란 말인가요? 하하하."

"킁. 이놈아, 개과천선改過遷善한 나보고 개 같은 사람이 뭐냐?"

"개과천선? 그 말에도 개가 들어가네요. 큭큭큭."

허석희는 노빈손의 머리통에 꿀밤을 한 대 먹인 다음 잰걸음으로 진나라 궁의 한쪽 구석에 다가갔다. 그는 모퉁이에 몸을 숨긴 다음 잔뜩 경계하며 노빈손에게 말했다.

"킁~ 킁, 오늘 작전의 관건은 개들을 순복시킬 수 있느냐 하는 것

도둑의 덕이란?

중국 춘추전국시대의 전설적인 대도둑인 도척이 도둑의 '덕'에 대해 말했다. "물건이 어디 있는가를 꿰뚫어 보는 것이 성(聖), 맨 먼저 담을 넘는 것이 용(勇), 맨 나중에 나오는 것이 의(儀), 훔친 물건의 좋고 나쁨을 아는 것이 지(知), 이를 고루 나누어 갖는 것이 인(仁)이다."

이야. 밤이 깊어질 때까지 여기서 잠복한다. 알겠지? 크응."

어느덧 칠흑 같은 어둠이 진나라 궁을 뒤덮고 있었다.

궁의 육중한 출입문에는 아홉 개씩 아홉 줄의 청동으로 만든 혹처럼 생긴 장식물이 붙어 있었다. 들보는 밝은 하늘색과 연한 초록으로 칠해져 있고 청동 장식물에는 금빛을 칠해 어둠 속에서도 희미한 빛을 내뿜고 있었다.

"노빈손, 쿵쿵. 저기 경비병들의 교대 시간을 이용해서 담을 넘어야 돼. 어때, 할 수 있겠어? 자신 없으면 지금 돌아가. 크응."

전직 개 도둑 허석희는 십 척(약 삼 미터)이 넘는 궁궐 담장을 마치 스파이더맨처럼 소리 없이 기어 올라갔다.

노빈손의 수라간 인턴 직원 표식은 소용이 없었다. 이 시간에는 이렇게 깊은 궁궐 안까지는 경비병을 제외한 그 누구도 통행할 수 없도록 법으로 정해져 있었기 때문이다. 노빈손은 학창 시절 지각하면 학교에 담 넘어 들어가던 경험을 되살리며 옷가지들을 묶어 밧줄처럼 만든 다음 그걸 이용해 담벼락을 타고 넘기 시작했다.

"아지씨⋯⋯~ 같이 가요."

담을 넘는 게 끝이 아니었다. 왕의 귀중품 창고까지 접근하기 위해 여러 건물들을 지나야 하는데 문제는 개들이었다. 토번(티베트) 지방에서 들여온 사자개 여러 마리가 궁궐의 각 건물 앞에 버티고 있었다.

무성한 붉은 갈기를 가진 사자개들의 눈에서는 레이저를 쏘는 듯 날카로운 빛이 뿜어져 나왔다. 몸집은 마치 사자를 방불케 할 정도로 거대하여 무척이나 위압적이었다.

개과천선

고칠 개改 | 허물 과過 | 옮길 천遷 | 착할 선善 지난 허물과 잘못을 고치고 착하게 된다는 뜻이다.
예) 그렇게 욕을 잘하던 그 친구가 개과천선한 이유는 과연 무엇일까?

노빈손은 막상 사자개와 마주치자 그 엄청난 덩치와 온몸에서 뿜어져 나오는 살기등등殺氣騰騰한 기세에 지난번 맹상군의 집에서 누렁이한테 물린 기억이 되살아나 잔뜩 긴장이 되었다.

그런데 허석희는 전혀 두려움이 없었다. 오히려 지긋한 눈으로 바라보고 나면 그 사나운 개들이 다 순한 양들로 변하는 것이었다.

"(눈빛 찌~~~~~릿) : 아유 착한 우리 아가, 일찍 자고 늦게 일어나야 착한 아가지. 잘 자라, 우리 아가, 앞뜰과 뒷동산에~~."

"(꼬리를 내리며) 깨앵~~~~ : 네에, 잘게요."

전직 유명 개 도둑이라더니 정말 대단한 제압술이었다.

그런데 문제가 터졌다. 궁녀들이 키우는 듯한 조그만 애완견이 짖기 시작한 것이었다. 이 개는 궁녀들이 응석받이로 키운 탓인지 아무도 두려워하지 않고 제멋대로여서 허석희의 눈빛 제압술이 전혀 통하지 않았다.

"누구냐!"

순간 경비병들의 발자국 소리가 들려왔다.

"큰일 났다. 최후의 수단이다. 빈손아, 빨리 이걸 뒤집어써."

허석희는 품에서 개 가죽을 꺼내서 자신도 쓰고 노빈손에게도 뒤집어씌웠다.

"뭐야, 비루먹은 잡종개 두 마리였구먼."

경비병들은 멀리서 개 가죽을 뒤집어쓴 노빈손과 허석희를 보고 개로 오인하고 돌아갔다.

"빨리 자리를 떠야 해, 빨리 움직여."

살기등등

죽일 살殺 | 기운 기氣 | 오를 등騰 | 오를 등騰 살기가 얼굴에 잔뜩 올라 있다는 뜻으로, 흔히 화가 무척이나 났을 때 볼 수 있는 모습이다. 예) 평소 온화한 성품의 그 배우가 이번엔 살기등등한 무사 배역을 맡고 일대 변신을 시도한다.

허석희와 노빈손은 경비병들의 눈을 피해 궁궐 창고에 도착했다.

"와, 다 왔다."

노빈손은 신이 나서 낮게 외쳤다.

"야, 이 녀석아, 경거망동輕擧妄動하지 말고 조용히 해. 개가죽 벗지 말고. 엎드려서 꼼짝하지 마. 경비병들의 순찰 교대 시간이야. 킁킁. 들키면 우린 끝장이란 말이다. 킁킁."

"말은 형님이 더 많거든요?"

티격태격하는 대화와는 달리 겉보기에 둘은 영락없이 다정한 개 한 쌍처럼 보였다. 허석희는 경비병들의 모든 동선을 정말 귀신같이 파

경거망동

가벼울 경輕 | 행할 거擧 | 망령될 망妄 | 움직일 동動 가볍고 망령되게 행동한다는 뜻으로, 도리나 사정을 생각하지 아니하고 경솔하게 행동하는 걸 이르는 말이다. 예) 실상사 동종을 치면 일본의 경거망동을 막고 한국을 흥하게 한다는 말이 전해져 온다.

輕擧妄動

악하고 있었다. 그 말이 끝나자마자 바로 경비병들이 교대하러 나온 것이었다.

"쿵~, 내가 고관대작高官大爵들 집을 무지하게 털어 봤거든. 이런 곳이 의외로 쉬워. 쿵, 도둑을 맞아 보지 않은 곳은 순찰 방식도 단순하고 무엇보다 방심하고 있는 경우가 많아서 작업하기 수월하지. 쿵~."

경비병들의 교대 시간은 조금 틈이 있었다. 이를 이용해 허석회는 신속하게 문 앞으로 접근했다. 그러곤 문을 따려다 말고 난처한 표정을 지었다.

"이런, 낭패가 다 있나. 내 만능 열쇠를 숙소에 두고 안 가져 왔어. 이런 적이 없었는데 절도 생활을 접은 지 하도 오래되다 보니 이런 실수를 다 하는군. 이를 어쩐다? 빨리 열어야 되는데, 곧 경비병들이 올 시간은 다가오고……. 아무 쇠꼬챙이라도 하나 있으면 좋으련만. 어쩌면 좋지? 쿵쿵."

이 절체절명絶體絶命의 순간에 고도로 숙련된 절도 전문가인 허석회도 안절부절 못했다.

"저, 이건 어떨까요? 전에 감옥에서 함께 탈출했던 아저씨가 주신 건데……."

노빈손은 어세신에게 받은 초승달 모양의 장신구를 건넸다.

"이야, 이거 최고닷. 쿵쿵. 역시 노빈손 너는 복덩어리야. 고맙다. 귀한 물건인 것 같은데, 너무 아까워하지 마라. 목숨보다 귀한 건 없으니 말이다. 쿵쿵."

고관대작 ─────────

높을 고高 | 벼슬 관官 | 큰 대大 | 벼슬 작爵 높은 자리에 있거나 귀한 벼슬을 하고 있는 사람을 말한다. 예) 서울 북촌은 고관대작들과 왕족, 사대부들이 모여서 거주해 온 고급 살림집 터이다.

허석희는 초승달 모양을 신속하게 다듬어 휜 다음 열쇠로 만들었다. 그리고 나서 능숙한 솜씨로 자물쇠를 열고 안으로 들어갔다.

허석희는 이곳저곳 들추며 호백구를 찾기 시작했다.

"이야, 정말 대단한 명품들이 가득하군. 역시 진나라야. 이거 전 같았으면 한몫 단단히 챙겼을 텐데 말이야. 킁킁."

허석희와 노빈손은 드디어 옷장을 발견하고 그 안에 고이 보관되어 있던 호백구를 찾아냈다.

"여기 있다, 호백구. 보관을 철저히 잘 해두었군. 색상, 냄새, 털 상태 모두 변함없이 완벽해! 킁킁."

노빈손 역시 흐뭇함을 감출 수 없었다.

"형님, 최고! 저 오늘부터 존경할래요. 나의 사랑 너의 사랑, 허석희!"

"됐고! 왔던 길로 되돌아 갈 테니 빨리 서둘러 따라와. 크응."

각 건물 경비병들의 동태를 직감적으로 파악한 후 개들을 하나하나 제압하는 허석희의 솜씨에 혀를 내두르며 노빈손은 조심스럽게 연희가 있는 방으로 나가갔다.

그러곤 조용히 소리를 낮춰 연희를 불렀다.

"연희 님, 저 빈손이에요, 문 좀 열어 보세요. 호백구 가져왔어요. 진짜 호백구 갖고 왔다니까요."

"뭐라고? 지금 호백구라고 했니? 빨리 안 들어오고 뭘해."

언제 매정하게 쫓아냈냐는 듯 연희가 반색을 하며 맞았다.

"여기 있어요. 급하게 오느라 포장을 못 해서 죄송해요."

절체절명

끊을 절絕 | 몸 체體 | 끊을 절絕 | 목숨 명命 끊어질 듯한 몸과 끊어질 듯한 목숨이란 뜻으로, 궁지에 몰려 살아날 길이 없게 된 막다른 처지에 몰린 경우를 비유적으로 이르는 말이다. 예) 깡패들에게 둘러싸인 절체절명의 위기에 정의의 주먹 말숙이가 나타나서 구해 주었다니까.

호백구를 받아 든 연희는 팔짝팔짝 뛰며 좋아했다.

"이게 꿈이야, 생시야. 빈손아, 내 볼 한번 꼬집어 봐."

노빈손이 연희의 볼을 세게 잡아 비틀었다.

"아얏! 꿈이 아닌 게 맞구나. 세상에 천하 제일 명품 제나라산 수제 호백구의 주인이 되다니. 난 이제 더 이상 부러울 게 없다."

연희는 호백구를 껴안고 볼을 부비며 어쩔 줄을 몰라 했다.

"빨리 겨울이 와야 이 호백구를 입고 돌아다닐 텐데, 이놈의 여름은 왜 이렇게 긴지 몰라."

한시가 급한 노빈손은 연희의 행동에 애가 탔다.

"그만 좋아하시고 이제 약속을 지키셔야죠. 정말 이 은혜는 각골난 망刻骨難忘일 거예요."

"알았다. 제나라로 돌아가면 택배로 하나 더 부쳐 주는 거 잊지 마."

노빈손은 호백구 전달 작전이 성공하자 숨어 기다리고 있던 허석희 와 함께 숙소로 돌아갔다.

 ## 치명적인 매력의 여인

노빈손의 특사 임무를 맡은 연희는 호리병 마개를 따서 박하수를 마신 후 소양왕의 방 앞으로 다가갔다.

각골난망

새길 각刻 | 뼈 골骨 | 어려울 난難 | 잊을 망忘 뼛속 깊이 새겨 두어 잊기가 힘들다는 뜻으로, 다른 사람에게 큰 은혜를 받았을 때 쓴다. 예) 어마마마, 생일 선물로 그토록 원하는 강아지를 사 주시다니. 소녀, 각골난망이옵니다.

刻骨難忘

"전하, 저 물찬 제비 연희예요."

"오, 우리 요… 요조숙녀窈窕淑女 연희 왔구나. 들어오너라."

소양왕은 반색하며 쉿소리 섞인 걸걸한 목소리로 연희를 맞았다.

"오… 오늘은 유난히 더 예뻐 보이는구나. 젊어지는 약이라도 먹은 게냐?"

연희는 박하수의 효과를 절감하며 본론을 꺼내기 시작했다.

"다 전하께서 잘해 주시는 덕분이지요. 호호호. 그런데 듣자하니 맹상군인가 맹탕국인가 하는 제나라 촌뜨기 일행을 소양왕 오빠가 죽일 거라던데, 설마 진짜예요?"

"음 그래. 암살특공대를 투입한 다음, 쥐도 새도 모르게 해치워서 존재 자체를 없애기로 했지."

소양왕은 국가적 기밀을 아무런 거리낌 없이 연희에게 말했다.

"뭐라고요? 그렇다면 정말 소양왕 오빠, 실망실망 완전 실망이에요."

"아니, 왜 그래, 여… 연희야?"

당황해하는 소양왕 앞에서 연희는 입술을 삐죽 내밀고 뾰로통한 표정을 지으며 말을 이었다.

"연희가 세상에서 제일 멋지다고 생각하는 우리 소양왕 오빠는 도량이 태산 같고 황하 같다고 생각하고 있었는데 이게 뭐예요? 기껏 사람 오라고 해놓고 이제 와서 죽인다고요? 그것도 소문이 날까 두려워서 몰래 해치운다니요. 평소 선정을 베푸시는 오빠답지 않아요."

소양왕은 자신이 총애하는 연희가 이런 반응을 보인 것이 처음이었

요조숙녀

얌전할 요窈 | 정숙할 조窕 | 맑을 숙淑 | 여자 녀女　말과 행동에 품위가 있으며 얌전하고 정숙한 아름다운 여자를 이르는 말이다. 예) 괄괄한 말숙이도 할아버지 앞에만 가면 요조숙녀가 된다니까. 할아버지가 엄청 무서우시거든.

기에 당황하며 황급히 자신을 변호하기 시작했다.

"아… 아냐, 매… 맹상군은 위험 인물이야. 제나라의 첩자일지 모른 다고. 제나라 좋은 일만 시키는 것 같단 말이야. 여러 조… 조정 중신 들의 생각도 그러하고."

그러자 연희는 입을 더욱 삐죽이며 말했다.

"아니, 우리 강대한 진나라가 언제부터 바닷가 제나라 따위에 신경 쓰는 수준이 되었나요? 맹상군을 몰래 없앤다 해도 어떻게든 소문은 나게 마련인데 그렇게 되면 우리 진나라의 자존심은 뭐가 되나요? 그 리고 그 무엇보다 오빠의 위신이 땅에 떨어질까 봐 저는 너무너무 속 상해요. 세상 사람들이 오빠를 겁쟁이, 쫌팽이, 좁쌀영감, 쪼잔한 인 간으로 보면 어떡해요, 흑흑흑."

호백구의 힘일까, 연희는 신들린 듯 청산유수青山流水로 말을 쏟 아냈다.

"아, 우… 우리 연희가 언제 이렇게 속이 깊고 시… 시야가 넓어졌 느냐? 네 말이 일리가 있구나. 그래 알았다. 그까짓 제나라 촌놈들 토… 통 크게 풀어 주지, 뭐. 그깐 작은 나라의 인간들이 암중모색暗 中摸索할 깜냥도 못 되는데 말이야. 여… 여봐라, 여기 붓 좀 대령 하렷다."

소양왕은 맹상군 일행 제거 작전을 무효화하는 명이 담긴 공문서를 작성하고 옥새를 찍었다.

"역시 우리 오빠, 완전 멋있다. 이왕 풀어 주는 거 한시라도 빨리 보 내 버려요, 네?"

청산유수

푸를 청青 | 뫼 산山 | 흐를 유流 | 물 수水 원래 푸른 산과 흐르는 물이라는 뜻이나, 말을 거침없 이 잘함을 비유해 이르는 말로 쓰인다. 예) 노빈손은 지각해서 변명할 때 보면 정말 말을 청산유수 로 하지 않아?

소양왕은 황급히 전령을 불렀고 그는 석방 허가서를 들고 맹상군에게 달려갔다.

왕의 옥새가 선명히 찍힌 석방 허가서를 받아 든 맹상군은 기뻐할 겨를도 없이 탈출을 서두르기 시작했다.

"다들 굼벵이, 달팽이, 거북이를 삶아 먹었나? 왜들 이리 동작이 굼뜬 건가! 빨리 움직이게. 언제 어떻게 될지 모르니 촌각을 다투어 도

암중모색

어두울 암暗 | 가운데 중中 | 본뜰 모摸 | 찾을 색索 어둠 속에서 손을 더듬어 찾는다는 뜻으로, 어림으로 무엇을 알아내거나 은밀한 가운데 일의 실마리나 해결책을 찾아내려 할 때 쓸 수 있다. 예) 재개발로 철거 위기에 놓인 예술창작마을이 활로를 암중모색 중이라고 한다.

망해야 하네, 어서."

맹상군의 재촉에 식객들은 서둘러 송대관을 빠져나갔다.

연희가 물러가자 이내 소양왕은 깊이 곯아떨어졌다.

연희가 건넨 초나라산 우롱차에 노빈손이 가져온 수면제 성분이 든 울후사 가루를 섞었기 때문이다.

한나절이 지나고 왕은 부스스 잠에서 깨어났다.

"여봐라, 호백구를 가져오너라."

소양왕은 호백구를 받은 후 잠에서 깨면 늘 호백구부터 확인하는 버릇이 생겼다.

잠시 후, 다급한 보고가 전해졌다.

"저… 저… 저… 호백구가 감쪽같이 사라졌습니다. 귀신이 곡할 노릇입니다. 철저하게 경비를 섰고 사자개들도 짖지 않았는데 말입니다."

"뭐… 뭐라고? 호… 호… 호… 호백구를 도난당했단 말이냐? 안 된다. 그게 어… 어떤 옷인데. 다… 다… 당장 찾아와, 당장! 못 찾으면 다들 결딴내 버릴 테다. 빨리 찾아내라고, 빠… 빨리!".

소양왕은 주먹을 치켜들고 목에 핏대를 세우며 수사를 지시했다.

얼마 후 보고가 들어왔다. 호백구는 단서 하나 남기지 않고 감쪽같이 없어졌으며, 맹상군 일행 역시 흔적 없이 사라졌다고.

"사라지려면 곱게 갈 것이지, 호백구를 냠름 가져갔단 말이냐!"

자신을 향한 자책과 맹상군에 대한 분노로 분기충천憤氣衝天한

憤氣衝天

분기충천

성낼 분憤 | **기운 기氣** | **찌를 충衝** | **하늘 천天** 성난 마음이 하늘을 찌를 듯 격렬하게 북받쳐 오른다는 뜻으로 화가 머리끝까지 난 상황을 의미한다. 예) 일본군은 1개 중대 병력을 증원 투입해 시위대의 봉기를 진압하려 했으나 분기충천한 대한제국군의 공격에 피해만 늘어갈 뿐이었다.

소양왕이 소리쳤다.

"여봐라, 우리 진나라 정예 기마부대에 명하여 날랜 병사들만을 골라 완전무장하게 하고 궁 앞으로 집결시켜라. 지금 당장! 서둘러라!"

융통성 없는 사람들

몇 시간을 쉬지 않고 달리고 달린 맹상군 일행은 드디어 함곡관에 도착했다.

천하 제일의 요새로 불리는 함곡관은 바위산에 둘러싸여 있는 깎아지른 듯한 골짜기 사이에 위압적인 모습으로 서 있었다.

입구에는 이런 글귀가 새겨진 바위가 있었다.

一夫當關 萬夫莫克

(일부당관 만부막극)
한 사람만 지켜도 만 명을 제압할 수 있다.

메마른 모래바람 휘날리고 풀 한 포기 제대로 자라지 못하는 불모지不毛地 위에 지어진 함곡관이었다. 꼭대기에 봉황상이 앉아 있는 황금빛 3층 망루가 어둠 속에서도 빛을 내며 성벽 위로 높게 솟아올

불모지

아닐 불不 | 털 모毛 | 땅 지地 풀 한 포기 나지 않는 땅이란 뜻으로 어떠한 사물이나 현상이 발달되어 있지 않은 곳. 또는 그런 상태를 비유적으로 이르는 말이다. 예) 거대한 나라 중국은 야구의 불모지이다.

라 있었다.

맹상군 일행은 함곡관의 육중한 철대문을 향해 달려가 부서져라 두들기며 다급히 외쳤다.

쿵쾅쾅쾅!

"문을 열어 주시오! 빨리 문을 열어 주시오!"

밤 깊은 사경이었지만 곧바로 성루 위에서 누군가 소리쳤다.

"사랑합니다, 과객님! 정성을 다하는 함곡관 관리소 책임소장 곽막자입니다. 무엇을 도와 드릴까요?"

이윽고 곽막자라고 자신을 소개한 자가 모습을 드러냈다. 친절한 멘트와는 정반대로 깡마른 체구에 찢어져 올라간 두 눈에는 융통성이 있었던 흔적을 찾아볼 수 없었다. 더구나 양옆에 실무 책임자라는 곽막기, 곽막아 형제들도 버티고 있었는데 마찬가지로 쳐다만 봐도 숨이 막힐 정도로 답답하게 생긴 외모였다.

맹상군이 황급히 둘러댔다.

"네, 저희들은 이 나라 저 나라로 돌아다니며 장사하는 상인들인데 급히 물건을 구할 게 있어서 진나라로 들어왔다가 나가는 중입니다. 바로 옆 위나라에 물건을 납품하러 가야 하는데 시간이 얼마 남지 않아서 그러니 빨리 열어 주십시오. 만약 기한 내 납품하지 못하면 계약 불이행으로 저희는 빚더미를 지고 파산하게 됩니다. 어서 속히 나가게 해주십시오!"

맹상군이 애절하게 호소했다. 그러나 곽막자는 눈 한 번 깜빡이지 않고 기계음같이 높낮이 없는 무미건조無味乾燥한 목소리로 귀찮

無味乾燥

무미건조

없을 무無 | 맛 미味 | 마를 건乾 | 마를 조燥 재미나 멋이 없어 메마르다는 뜻으로, 이런 성격은 감성을 키우는 것이 필수다. 예) 무미건조한 일상을 벗고 예술을 탐하라.

다는 듯이 대답했다.

"그 사정은 알 바 아닙니다, 과객님. 진나라 발행 통관 허가증이나 얼른 보여 주십시오. 그 허가증이 없으면 어떤 절차도 진행할 수 없습니다, 과객님."

이제 다 된 줄로만 알았던 맹상군은 망연자실茫然自失하고 말았다. 대체 이 급한 상황에 어디서 통관 허가증을 발급받는단 말인가?

다급하게 식객 비상 회의가 열렸다. 그러나 방법을 찾을 수 없었고 절망적 기류만 함곡관 깊은 밤하늘에 흘렀다.

맹상군은 거의 체념 상태에 빠져 한숨만 쉬고 있었다.

"아… 이를 어쩐다. 하늘에서 통관 허가증이 떨어지지 않는 이상 불가능한 일이구나. 허어… 이를 어쩐다."

그러자 투덜이 서무포가 말했다.

"청명에 죽나 한식에 죽나 마찬가지인데 바보들같이 새벽길 죽어라 달려나갈 때 내 진즉 알아봤어. 우린 이미 죽은 거나 다름없어."

또다시 식객들은 심리적 공황 상태에 빠져 어쩔 줄을 몰라 했다.

그때였다.

"제가 한번 만들어 보겠습니다."

사람들의 시선이 모두 목소리를 높인 한 사내에게 모아졌다. 위조범이라고 맨날 무시당하던 가라(賈羅)였다.

왜국 출신 귀화인 가라는 특유의 꼼꼼한 기술로 각종 문서를 자유자재로 바꿔치기하던 전과가 있는 사람이었다. 그래서 그도 다른 식객들에게 늘 천대받았고 지위도 말석에 머물렀었다.

망연자실

아득할 망茫 | **그러할 연然** | **스스로 자自** | **잃을 실失** 제정신을 잃고 어리둥절한 모양을 이르는 말이다. 예) 다섯 살배기 꼬마를 잃어버린 엄마는 망연자실해져서 바닥을 철퍼덕 주저앉고 말았다.

茫然自失

"저도 밥값을 해야죠."

"가라, 부탁하네."

맹상군이 가라의 손을 꼬옥 잡으며 간절한 눈빛으로 말했다.

"지난번에 소양왕의 옥새가 찍힌 석방 허가서를 눈여겨보긴 했는데……."

가라는 소양왕의 필체를 흉내 내어 순식간에 진나라 서식으로 된 무역용 통관 허가증을 작성했다. 그리고 품에서 전각 칼을 꺼내어 돌을 하나 집어 들고는 글자를 양각으로 깎아 내더니 일사천리一瀉千里로 옥새를 만들어 찍었다.

정말 신기에 가까운 솜씨였다. 보는 이들의 찬탄을 자아낸 위조 통관 허가증을 가지고 맹상군은 지체 없이 곽막자에게로 달려가 들이밀었다.

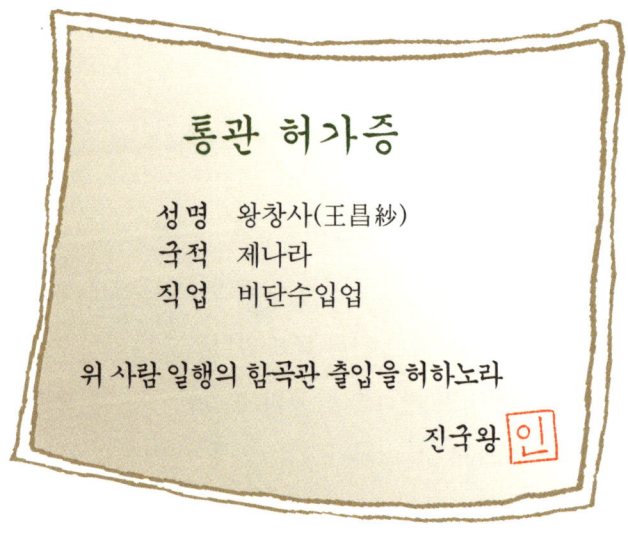

일사천리

한 일一 | 쏟아질 사瀉 | 일천 천千 | 거리 리里 한번 쏟아진 물이 천 리를 흐른다는 말로 매우 기세 좋게 진행될 때 쓰인다. 예) 다운로드가 완료되면 설치하고 복원 지점을 만들고 나면 프로그램 설치가 일사천리로 진행됩니다.

"음, 통관 허가를 받으셨군요, 과객님."

곽막자는 한참 살펴보더니 고개를 끄덕였다.

맹상군 일행은 안도의 한숨을 쉬었다. 이제야 살았다 싶었다.

"하지만 문은 열 수 없습니다. 죄송합니다, 과객님."

곽막자는 다시 고개를 가로저으며 단호하고 싸늘하게 말을 내뱉었다.

백척간두百尺竿頭의 상황에서 촌각을 다투며 마음을 졸이고 있던 일행은 일제히 그 이유를 다그쳤다. 그러자 곽막자가 시퍼렇게 날이 선 검을 뽑아 들고 소리쳤다.

"왕의 명령보다 더 상위법인 〈함곡관 출입에 관한 규례집〉 1조 1항에 의하면 새벽닭이 울어야만 문을 열어 주게 되어 있습니다. 왕이 아니라 왕의 할아버지가 온다 해도 통과할 수 없습니다. 만약 억지로 들어가려고 하면 상앙의 경우처럼 거열형(車裂刑:죄인의 손과 발을 끈으로 묶어 수레에 매달고 사지를 찢는 형벌)에 처할 것입니다, 과객님."

맹상군 일행은 답답하기 그지없었다.

"도대체 그 규정이 왜 있겠소? 수상한 자들이 진나라를 맘대로 오갈까 봐 그런 규정이 있는 거 아니오? 우리는 엄연히 왕의 허가를 받았으니 그냥 좀 열어 주시오."

이젠 곽막자 삼 형제가 목청을 함께 드높였다.

"과객님, 우리는 오로지 법대로, 규정대로, 쓰인 글자 그대로만 지키는 사람들입니다. 그러니 목을 확 닭모가지처럼 비틀어 버리기 전에 더 이상 귀찮게 하지 말고 닥치고 닭 울 때까지 기다리십시오! 아

백척간두

일백 백百 | 자 척尺 | 장대 간竿 | 머리 두頭 백 자나 되는 높은 장대 위에 올라섰다는 뜻으로, 몹시 위태로운 상황에 이르렀다는 말이다. 예) 지금 회사의 운명이 백척간두에 선 절박한 시기라는 것을 잊지 말라고.

百
尺
竿
頭

우, 이 오밤중에 짜증 제대로야."

　곽막자 형제는 험한 말을 내뱉고 나서 성루 아래로 휙 사라져 버렸다.

　이때 땅바닥에 귀를 대고 있던 식객 하나가 얼굴을 감싸며 공포에 질린 표정으로 외쳤다.

　"맹상군 님! 큰일 났습니다. 진나라 군대가 근처까지 다가온 거 같습니다. 지축을 울리는 진동 폭으로 볼 때 여기서 십 리밖에 안 떨어

風前燈火

풍전등화

바람 풍風 | 앞 전前 | 등 등燈 | 불 화火　바람 앞의 등불이란 뜻으로, 사물이 오래 견디지 못하고 매우 위급한 상황에 놓여 있음을 가리키거나 사물이 덧없음을 비유적으로 이르는 말이다. 예) 나라의 운명이 풍전등화일 때 구국의 길을 찾아 최선을 다한 황제의 특사 이준.

진 곳입니다."

그는 소모저(蘇毛低)였다. 평소 청각이 워낙 발달해 십 리 밖 개미 기어 가는 소리도 듣는다는 소문까지 나 있는 식객이었다.

말 그대로 풍전등화風前燈火의 상황이었다. 맹상군 일행은 절망의 수렁 속으로 급격히 빨려 들어가고 있었다.

"우리 제삿날이 같아지겠구먼. 제삿밥 단체로 먹게 생겼어."

서무포가 구시렁거렸다.

앞에는 거대한 함곡관의 철대문이 가로막고 있고 뒤에는 말을 탄 진나라 기마 부대가 범같이 달려오고 있고 함곡관 주변은 숨을 만한 곳도 없었다. 맹상군 일행은 말 그대로 사면초가四面楚歌에 몰렸다.

"이제 진나라 군사들이 저 고개만 넘으면 바로 우리에게 들이닥칠 겁니다."

맹상군이 긴급 대책 회의를 소집했다. 다들 다 된 밥에 코 빠지고, 죽 쑨 거 개가 먹은 듯 허탈해하기만 했지, 대책이 나올 리 만무했다. 슈퍼맨처럼 지구를 돌릴 수도 없는 일 아니겠는가.

다시금 모두 깊은 절망 속으로 한없이 떨어지고 있었다.

"쿵쿵, 내가 수면제라도 먹여 볼까?"

"야, 안 돼! 십 분 안에 도착할 텐데 언제 어떻게 먹일 건데! 그것도 말 타고 달리는 사람들한테. 가서 '수고가 많으십니다. 목이 탈 텐데 물 한잔 드시지요' 하면 개들이 벌컥벌컥 마시냐? 남자들이 준다고 안 마신다니까. 안 돼에~."

사면초가

넉 사四 | 방면 면面 | 초나라 초楚 | 노래 가歌 사방에서 들리는 초나라의 노래라는 뜻으로 사방이 온통 적군으로 둘러싸여 도움을 청할 수 없을 때 쓴다. 예) 적군은 몰려오고 게임 아이템은 떨어지고 길드는 해체되고 정말 사면초가로구나.

갑갑한 마음에 허석희가 의견을 내자 육년근이 면박을 줬다.

"그치? 안 되겠지? 킁킁."

"아, 저 성을 훌쩍 넘을 수 있으면 좋으련만……."

위기를 타개해 보려고 허석희와 육년근은 주거니 받거니 하며 아이디어를 떠올렸다.

"킁킁. 우리 재주로도 안 되는 일이 있군, 그래."

순간, 노빈손은 머리에 뭔가를 맞은 듯 번쩍했다.

"그래, 재주였어. 우리에겐 그 방면의 달인이 있었지!"

노빈손이 벌떡 일어섰다. 그러고는 말석에서 일행들의 뒤치다꺼리를 하고 있던 성대모사의 달인 제록수에게 다가가 아무 말 없이 팔을 잡아끌었다.

뭔가를 깨달은 듯 제록수는 노빈손에게 미소를 날리며 맹상군에게 다가갔다. 그것은 완전한 염화미소拈華微笑였다.

"저 고지식한 인간들이 닭소리가 나야 문을 열어 준다는 거죠? 이제야 밥값을 할 때가 왔네요, 맹상군 님! 함곡관을 열어 줄 닭 중에도 울음소리 최장 기록을 가지고 있는 동천홍 한 마리 데리고 왔습니다."

맹상군은 뛸 듯이 기뻐하며 말했다.

"어디, 어디?"

"어디긴요, 바로 이 목 안에 있습죠."

"맞아. 자네는 모든 사물의 소리를 재생할 수 있는 친구였지. 그랬어. 얼른 목청껏 소리 한 가닥 뽑아 보게나."

염화미소

잡을 념拈 | 꽃 화華 | 작을 미微 | 웃을 소笑 석가모니가 연꽃 한 송이를 사람들에게 보였는데 가섭만이 그 의미를 깨닫고 미소를 지어 그에게 불교의 진리를 주었다고 하는 데서 유래. 마음으로 통한다는 의미. 예) 우린 서로 눈빛만으로도 마음이 통하지, 염화미소가 바로 이런 거 아니겠어?

서무포가 또 끼어들었다.

"참 가지가지 한다. 어차피 닭 한 마리 울어 봐야 들리지도 않을 텐데. 차라리 항복하고 진나라에 목숨을 구걸하는 게 낫지 않겠어요?"

제록수는 아랑곳하지 않고 날계란 두어 개를 깨뜨려 쭉 빨아 마신 다음 곧장 근처 나무 뒤로 숨어서 길고 긴 목청으로 닭 소리를 냈다.

"꼬오옥 끼이ㅇㅇㅇㅇㅇㅇㅇㅇㅇㅇㅇㅇㅇㅇㅇㅇ이 오오ㅇㅇㅇㅇㅇㅇㅇㅇㅇㅇㅇㅇ옥～～～～～～～꼬꼬꼬."

닭보다 더 닭 같은 완벽한 닭 소리였다. 그러자 놀라운 일이 벌어졌다. 함곡관 주변 민가들에서 키우는 닭들이 새벽이 온 줄 알고 후다닥 깨어 다 따라서 합창하기 시작한 것이다.

"꼬고댁 고고고고!"

"꼬꼬꼬꼬～～～～～."

온 일행이 제록수의 이름을 연호하며 환호성을 질렀다.

"성대모사의 달인 제록수!"

"완벽 재생 제록수! 우윳빛깔 제록수!"

그러고는 모두들 일시에 몰려가 문을 두들기며 이구동성異口同聲으로 외쳤다.

"문 열어! 닭이 울잖아. 곽막자야, 빨리 문 열어!"

이 소동을 듣고 성루로 다시 올라온 곽막자는 고개를 갸우뚱거리며 말했다.

"이거 참 이상한 일이군. 아직 새벽이 되려면 한참 먼 것 같은데, 벌써 닭들이 울다니. 나도 이제 늙었나? 이제껏 한 번도 시간에 대한 직

다를 이異 | 입 구口 | 한가지 동同 | 소리 성聲 입은 다르지만 하는 말은 같다는 뜻으로, 여러 사람이 같은 소리를 한꺼번에 낼 때 혹은 여러 사람의 말이 한결 같을 때 쓰는 말이다. 예) 전문가들이 이구동성으로 "버핏 말이 옳다. 지금은 주식보다 주택을 살 때이다"라고 말했다.

감이 틀려 본 적이 없는데……."

곽막자는 캄캄한 오밤중에 닭들의 집단 합창 사태를 접하고는 전두엽 기능에 혼란을 일으켰지만 법은 법인 만큼 따르기로 했다.

"좋소! 닭이 울었으니 문을 열겠소. 막기야! 막아야! 법대로 하자. 문을 열어."

곽막기와 곽막아 형제는 성루 아래로 내려가 빗장을 걸고 거대한 철문 양쪽을 각각 잡고 열어젖혔다.

철커덩~ 끼이~~~~~~~~~~~~~익 덜커덩.

드디어 함곡관의 거대한 철문이 모세 앞에 홍해가 갈라지듯 열렸다.

"얏호!"

맹상군 일행은 기쁨과 감격에 겨워 일제히 땅이 떠나갈 듯 함성을 질렀다.

제록수가 앞장서서 달려 나갔고 뒤를 따라 맹상군과 그 식객들이 기뻐 날뛰며 통과했다.

함곡관을 빠져나오면서 맹상군은 눈물을 흘리며 말했다.

"계명구도鷄鳴狗盜, 저 닭 울음소리 내는 자, 개 도둑 전력을 가진 자들을 말석에 두고 하찮게 대접했던 것이 너무 후회가 되는구나. 사람은 신분의 귀천과 상관없이 누구나 자신만의 능력과 가능성이 있어서 믿고 존중만 해주면 그들이 세상을 구할 수도 있는데. 그동안 사람을 너무 쉽게 평가해 왔어. 오늘의 교훈을 뼛속 깊이 새겨야겠다."

계명구도

닭 계鷄 | **울 명鳴** | **개 구狗** | **도둑 도盜**　닭 울음소리를 잘 내는 사람과 개 흉내를 내는 좀도둑이라는 뜻으로, 천한 재주를 가진 사람도 요긴하게 쓸모가 있음을 비유하거나, 남을 속이는 꾀를 비유할 때, 혹은 잔재주를 자랑할 때 쓰는 말. 예) 그런 속임수 쓰지 마. 너의 마술은 계명구도라고.

노빈손은 맨 마지막에 서서 마지막 사람까지 무사히 빠져가는 것을 보고 문을 향해 달렸다.

맹상군 일행이 문을 벗어나기가 무섭게 진나라 군대가 들이닥쳤다.

함곡관의 여명 작전 총사령관인 모함해가 고래고래 소리쳤다.

"끝까지 추격하라. 한 놈도 살려 보내선 안 된다!"

진나라 군대가 함곡관의 철문 앞에 도착하자마자,

끼이이~~~~~~~잉 쿠웅!

함곡관의 육중한 출입문이 닫혀 버렸다.

"문 열어! 우리는 진나라 특수부대다. 나랏일을 수행하는 중이다. 빨리 열지 못할까?"

그러자 곽막자가 망대 위로 올라가 군사들에게 말했다.

"사랑합니다, 과객님. 이 문은 단체 손님일 경우 마지막 사람이 문을 나가면 바로 닫힙니다. 이것은 왕이라도 어길 수 없는 법입니다. 만약 따라 나가려면 정식 통관 허가증을 발부받아 오셔야 합니다. 이제는 우리가 헤어져야 할 시간, 다음에 또 만나요. 여러분, 안녕~~~."

진나라 군대는 분통을 터트렸지만 국법을 어길 수 없어서 추격을 단념하고 말고삐를 돌릴 수밖에 없었다.

맹상군 일행은 저 멀리 함곡관이 아련하게 바라보이는 언덕 풀밭에 자리를 깔고 가져온 음식들을 먹으며 덩실덩실 춤을 추었다.

맹상군도 노빈손도 그간 동고동락同苦同樂했던 식객들도 모두 울다가 웃으며 환호했다. 상석, 말석으로 나뉘었던 신분의 벽은 완전

동고동락

한가지 동同 | 쓸 고苦 | 한가지 동同 | 즐거울 락樂　괴로움과 즐거움을 함께하며 살아간다는 말이다. 한 해 동안 같은 반에서 함께 울고 웃은 친구들이 바로 동고동락한 사이. 예) 우리 부모님은 검은 머리가 파뿌리 되도록 동고동락하고 계시지.

히 허물어진 채 함께 먹고 마시며 춤추는 그들의 어깨 위로 여명의 고
운 햇살가루들이 내려앉기 시작했다.

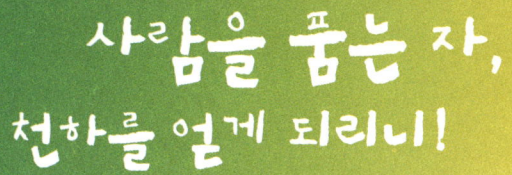

사람을 품는 자, 천하를 얻게 되리니!

아무 쓸데없는 재주라고 생각했던 닭 울음소리 흉내와 개 도둑 전력이 결국 맹상군 일행을 구해 냈습니다. 이 이야기 속에서 '계명구도'라는 고사성어가 나온 겁니다.

세상에 쓸모없는 재주는 없어요. 작고 하찮게 보이는 재주들도 갈고 닦으면 큰일을 이뤄 낼 수 있죠. 작은 재주이건 큰 재주이건 모두 아끼고 평등하게 품어 주었던 맹상군에게 식객들은 자신들의 재주로 보답을 한 셈입니다.

은혜를 갚는다, 라는 의미로 주로 쓰이는 고사성어는 '결초보은'입니다.

◉— 죽어서라도 은혜를 갚는다!

결초보은 結草報恩

맺을 결 | 풀 초 | 갚을 보 | 은혜 은

풀을 묶어서 은혜를 갚는다는 뜻으로, 죽어 혼이 되더라도 은혜를 잊지 않고 갚음을 이르는 말이다.

춘추전국시대, 진(晉)나라에 위무(魏武)라는 사람이 살았는데 그에게는 첩이 한 명 있었습니다. 어느 날 병으로 몸져누운 위무는 그의 아들 위과(魏顆)에게 일렀어요. "내가 죽으면 이 첩을 다른 사람과 결혼시켜라" 하고 말이죠. 그러나 그 뒤 병이 깊어져 다 죽게 되자 이번에는 "내가 죽으면 저 여인은 순장(함께 무덤에 묻는 것)을 시켜라"고 유언을 했습니다. 아버지가 돌아가시고 나자 위과는 "아버지가 정신이 있을 때의 명령을 좇아서 아버지의 첩을 개가를 시키리라"고 말했죠. 그리하여 새어머니는 순장을 당하지 않고 다른 사람에게 시집을 갔어요.

후에 진(晉)나라와 진(秦)나라 사이에 전쟁이 일어나서 위과가 전쟁에 나가게 되었습니다.

위과는 진(秦)나라의 두회(杜回)와 싸우다가 위험한 지경에 이르게 됩니다. 근데 그때 마침 두회가 풀에 걸려 넘어지게 되죠. 위과는 옳다구나 하고 두회를 사로잡아 뜻밖에도 큰 전공을 세우게 됩니다.

그날 밤, 위과의 꿈속에 한 노인이 나타납니다. 그는 새어머니 아버

지의 혼이었습니다. "나는 그대가 출가시켜 준 여인의 아비요. 그대
는 아버님이 옳은 정신일 때의 유언에 따라 내 딸을 출가시켜 주었소.
그때 이후로 나는 그대에게 보답할 길을 찾았는데 두회의 앞길에 풀
을 묶어 그 은혜를 갚은 것이오"라고 말했다고 합니다.
　죽어서까지 은혜를 갚다니 대단한 보은이죠?

　맹상군에게 신의를 지킨 사람이 또 있습니다. 또 다른 식객인 풍환
입니다.

◉── 그대를 위해 준비해 두겠습니다!

교토삼굴狡兎三窟

교활할 교 | 토끼 토 | 석 삼 | 구멍 굴

꾀 많은 토끼가 굴을 세 개나 가지고 있었기 때문에 죽음을 피할 수 있었다
는 뜻으로, 교묘한 지혜로 위기를 피하거나 재난이 발생하기 전에 미리 준비
를 해야 한다는 말이다.

　풍환은 원래 거지였는데 맹상군이 식객을 좋아한다는 말에 짚신을
신고 먼 길을 걸어 왔던 사람입니다. 맹상군은 그의 몰골이 하도 우스
워 별 재주는 없어 보였지만 받아 주었죠.

그는 노빈손만큼이나 괴짜였어요. 맹상군은 그를 3등 숙소에 배치했는데 고기 반찬이 없다고 늘 투덜댔죠. 그래서 2등 숙소로 옮겨 주었는데 이번에는 수레가 없다고 불평을 하는 거예요. 마지막으로 1등 숙소로 옮겨 주자 이번엔 그럴듯한 집이 없다며 또 투덜댔습니다.

당시 맹상군에겐 고민이 있었습니다. 자신의 영지 설 지방의 주민들에게 돈을 빌려 주고 이자를 받아 식객을 부양했는데 주민들이 도무지 갚을 생각을 하지 않았던 겁니다. 누구를 보내 독촉할까 궁리하고 있는데 1년간 무위도식하던 풍환이 자청했습니다.

출발할 때 그는 "빚을 받고 나면 무엇을 사올까요?" 하고 맹상군에게 물었어요. 그러자 맹상군이 "무엇이든 좋소. 여기에 부족한 것을 부탁하오"라고 대답했습니다.

풍환은 빚진 사람들을 찾아가 차용증을 하나하나 점검하고 이자만

해도 10만 전을 받았습니다. 징수가 끝나자 그는 받은 돈으로 고기와 술을 사 잔치를 열었죠.

"맹상군은 여러분이 열심히 갚으려 하는 모습을 어여삐 보고 모든 채무를 면제하라고 나에게 분부하셨소."

그러고는 모아 놓았던 차용증 더미에 불을 질렀습니다. 차용증은 모두 재로 변하고, 사람들은 그의 처사에 감격해 마지않았습니다.

집으로 돌아온 풍환에게 맹상군이 "선생은 무엇을 사오셨는가?" 하고 물었습니다. 이때 풍환이 말하기를 "당신에게 지금 부족한 것은 은혜와 의리입니다. 차용증을 모두 불살라 당신을 위해 돈 주고 사기 힘든 은혜와 의리를 사가지고 왔습니다"라고 했죠. 이 말을 듣고 맹상군은 몹시 언짢았습니다.

1년 후 맹상군이 제나라에 새로 즉위한 민왕(湣王)에게 미움을 사서 재상직에서 물러나자, 3,000명의 식객들은 모두 뿔뿔이 떠나 버렸어요. 풍환은 그에게 잠시 설에 가서 살라고 권유했죠. 맹상군이 실의에 찬 몸을 이끌고 설에 나타나자 주민들이 환호하며 맞이했어요. 그 모습을 보고 맹상군이 풍환에게 말했습니다.

"선생이 전에 은혜와 의리를 샀다고 한 말뜻을 이제야 겨우 깨달았소."

"교활한 토끼는 구멍을 세 개나 뚫지요〔狡兎三窟〕. 지금 한 개의 굴을 뚫었을 뿐입니다. 따라서 아직 단잠을 즐길 수는 없습니다. 맹상군님을 위해 나머지 두 개의 굴도 마저 뚫어 드리지요."

그래서 그는 위(魏)나라의 혜왕(惠王)을 찾아가 맹상군을 등용하면 부국강병(富國强兵)을 실현할 것이며 동시에 제나라를 견제하는 힘도

될 수 있다고 설득했습니다. 마음이 동한 위의 혜왕이 금은보화를 준비하여 세 번이나 맹상군을 불렀지만 그때마다 풍환은 맹상군에게 응하지 말 것을 은밀히 권했죠.

이 사실은 제나라의 민왕에게 알려지게 되었고 아차 싶었던 민왕은 그제서야 맹상군의 진가를 알아차리고 맹상군에게 사신을 보내 자신의 잘못을 사과하고 다시 재상의 직위를 복직시켜 주었어요. 두 번째의 굴이 완성된 셈이죠.

두 번째의 굴을 파는 데 성공한 풍환은 세 번째 굴을 파기 위해 민왕을 설득하여 설 땅에 제나라 선대의 종묘(宗廟, 역대 왕의 신위를 모시는 사당)를 세우게 했어요. 선대의 종묘가 맹상군의 영지에 있는 한, 설혹 민왕의 마음이 변심한다 해도 맹상군을 함부로 대하지 못할 것이라는 계산에서였죠.

"이것으로 세 개의 구멍이 되었습니다. 이제부터 맹상군 님은 편안히 주무십시오."

이리하여 맹상군은 재상에 재임한 수십 년 동안 별다른 화를 입지 않았는데 이것은 모두 풍환이 맹상군을 위해 세 가지 보금자리를 마련한 덕이었습니다.

불굴의 의지로 정사를 (正史) 기록하겠노라!

사마천은 왜 『사기』를 썼을까?

◉— 불굴의 영혼이 빚어낸 대작

여러분! 『사기』라는 책 이름을 들어 보셨나요? 『사기』는 중국 최고의 역사책으로 신화 시대부터 기원전 2세기 말 한무제 때까지 2,000여 년의 역사를 다루고 있죠.

무려 130편, 52만 6,500자에 달하는 엄청난 분량의 역사책이며 지금까지도 역사 서술의 모범으로 칭송받고 있는 참으로 대단한 책이죠. 저자는 누굴까요? 바로 '사마천(司馬遷)'입니다. 사마천이 『사기』를 펴내기까지 겪은 일들은 한 편의 영화 같습니다.

그의 땀과 눈물과 한으로 얼룩진 생애를 한번 살펴볼까요?

사마천은 BC 145년경 한(漢)나라 시대 중국 섬서성 한성현에서 태어났습니다. 사마천의 아버지 사마담(司馬談)은 태사령(太史令: 천체운행을 관측하고 사관이 가져오는 문서나 기타 기록들을 정리 보존하는 직책)이었죠.

당시 황제였던 한무제(漢武帝)는 산동성의 태산

조, 존경합니다!

진정한 남자!!

에서 봉선(封禪)이라는, 천신(天神)과 지신(地神)에게 제사를 지내는 국가적인 큰 행사를 열었습니다.

그런데 직책상 당연히 참여해야 했던 사마담이 참석 대상에서 제외되었습니다. 마치 월드컵 축구 예선에서 큰 공을 세운 최고의 선수가 정작 본선 엔트리에서는 제외된 것 같다고나 할까요. 이 충격 때문에 마음의 병을 얻은 사마담은 시름시름 앓게 됩니다. 죽음이 임박하자 사마담은 아들 사마천을 불러 이런 유언을 합니다.

"주공(周公)이 죽고 500년 만에 공자가 역사서 『춘추』를 지었고, 그리고 공자가 죽은 지 500년이 되었다. 그동안 역사적으로 수많은 위대한 인물들이 나타났는데 내가 그들의 공적을 기록으로 남기려 하였으나 뜻하지 않게 병을 얻어 죽게 되었으니 네가 대신 기록을 하길 바란다."

사마천은 아버지의 임종 앞에서 말씀대로 하겠다고 굳게 맹세를 했습니다. 이때 사마천 나이가 36세였고 3년 후 아버지의 직책인 태사령에 오릅니다.

그는 황실 도서관에서 방대한 역사 자료들과 고전들을 접하고 『사기』 저술을 시작합니다.

그런데 그에게 청천벽력 같은 일이 일어나고 말았습니다. 사건의 발단은 이랬습니다.

북쪽의 오랑캐인 흉노족을 토벌하러 떠난 이릉(李陵) 장군이 흉노족에게 포위 당해 항복해 버렸습니다. 화가 치민 한무제는 이릉 장군 징계 건으로 어전회의를 엽니다. 대신들이 모두 그를 벌하여야 한다고 했으나 사마천은 솔직하게 말했습니다.

"이릉은 보병 5,000명을 데리고 흉노의 8만 기병에 포위당하고도 10여 일을 계속 싸워 적에게 1만 명의 사상자를 내게 했습니다. 이를 볼 때, 이릉은 아주 대단한 장군입니다. 결국 지원군이 오지 않자 군량이 떨어지고 화살이 없어져서, 전투를 멈추게 되었습니다. 이릉은 정말로 투항한 것이 아니라, 나라를 위해 작전을 펴고 있을 것입니다. 그의 공로는 그의 실패에 대한 죄를 덮고도 남습니다. 오히려 구원병을 보내지 않은 총사령관 이광리(李廣利)를 벌해야 마땅합니다."

한무제는 사마천이 이릉을 두둔하고 자신이 총애하는 후궁의 오빠인 이광리를 비겁하다고 비꼬자 화를 참지 못하고 결국 사마천에게 사형을 내렸습니다.

이 당시 사형수들은 살려면 50만 전을 내고 감형을 받든지, 궁형(宮刑: 생식기를 잘라 환관으로 만드는 형벌)을 받아야 했습니다.

큰 돈이 없는 사마천은 주변의 비아냥대는 소리를 들으면서도 사형을 택하지 않고 말로 못할 치욕과 고통을 겪어야 하는 궁형을 선택합니다. 어떻게든 살아남아 오로지 아버지와의 약속을 지키기 위해서였습니다. 그래도 4년 후, 사마천은 다시 신임을 얻어 환관의 최고직인 중서령(中書令: 황제의 곁에서 문서 정리와 기록을 담당하는 직책)에 오릅니다.

이렇게 극심한 인생의 굴곡을 경험한 사마천은 아무도 두려워하지 않고 거침없이 붓을 휘둘러 중국 역사상 최초의 정사(正史)를 완성합니다. 『사기』에는 수많은 영웅 위인들뿐만 아니라 낮고 천한 사람들, 실패자들의 삶도 함께 녹여 냈죠. 그래서 그 어느 역사책보다 냉철하고 정확한 기록으로 인정받고 있습니다.

사마천과 이릉의

가가오토 可加汚吐
| 옳음을 더하여 오명을 토해 낸다 |

역사의 성인 사마천
아버님 해냈습니다! 설욕의 D-DAY!
『태사공서』 출간!
훗날 『사기』가 될 것임.

흉노 장군(전 한나라 장군) 이릉
죽을 힘을 다해 흉노에 맞서 싸웠는데
무조건 항복 오명이 웬 말이냐!

사마천

궁형을 받아 고생하느라, 『사기』 편찬에 매진하느라 연락 못 했네.
어떻게 지냈는가?

이릉

자네가 끔찍한 형벌을 받고, 한무제가 우리 가족을
몰살시켰다는 소식을 들었네. 나도 죽고 싶을 정도
로 괴로웠어. 이미 한나라에 돌아갈 수 없는 몸.
선우(흉노의 지도자)의 딸과 혼인하고 아예 흉노의
장수가 되었지. 자네한테는 정말 미안하네.

사마천

이미 지나간 일. 생각하면 뭐 하겠나.
사람의 죽음 가운데에는 아홉 마리의 소에서 털 하나를
뽑는 것(九牛一毛, 구우일모)같이 가벼운 게 있는가 하
면 태산보다 훨씬 더 무거운 죽음도 있다고 생각하네.
난 태산보다 더 무거운 죽음을 택했을 뿐이야.

이릉

......

사마천

나는 원래 우리 한나라와 황제 폐하의 위대함을 칭송하기 위해 역사서를 편찬하기 시작했지.
하지만 죽음보다 참혹한 궁형을 받고 나서 역사에 대한 시각이 바뀌었어.

이릉

어떻게?

사마천

역사의 어두운 면을 보게 되었다고나 할까?
난 황제와 장군들의 성공담뿐만 아니라 실패하거나 운이 나쁜 사람들, 평범한 사람들의 이야기도 넣을 필요가 있다고 생각했지.
그래서 '열전'에 그 내용을 다 집어넣었네.
내가 인간의 선한 본성과 악한 본성을 얼마나 실감나게 그렸는지 그 뒤에 설화 문학과 소설이 다 내 영향을 받았다니까.

이릉

자랑은 그만두고,
『사기』가 어떻게 구성되었는지
소개나 자세히 좀 해줘.

사마천

내 자랑 같아서 말하기 그렇지만 이후에 만들어진 『삼국지』, 『한서』 등의 역사서도 다 내가 쓴 『사기』의 영향을 받은 거라고. 중국뿐인 줄 아나? 『사기』는 동아시아 역사서의 표준이 되었다고.

사마천

나는 제왕의 정치에 관한 기록인 '본기'와 인물들의 이야기나 이민족의 역사를 기록한 '열전'을 중심으로 사기를 서술했네.
그밖에 각 시대의 주요 사건들을 연도별로 표시한 '표'와 경제, 법률, 제사 의식 등 문물과 제도에 관해 기록한 '서'(다른 역사서에는 '지'), 왕을 보필했던 제후들에 관한 기록인 '세가'도 썼지.
가장 핵심적인 부분은 '본기'와 '열전'이야. 본기에 '기'와 열전의 '전' 자를 따서 '기전체'라는 역사 서술 방식이 새로 생겼지.

이릉

사건이 아니라 인물들의 이야기를
중심으로 역사를 풀어 나간 것이로군.

사마천

이후로 기전체 방식으로 쓰인 역사서가
정통 역사책, 즉 정사로 굳어졌지.

사마천

그런데 오해하지 말아야 할 것이 있네.
내가 세상에 대한 비판 정신을 기본으로 『사기』를 썼다고 해서
단순히 한무제에 대한 원망에서 그리 했다고 생각하지 말게.

이릉

그렇지. 자네는 인간 자체의 위대함이나 어리석음,
욕망과 도덕적 이상, 그 치열한 갈등 속에서
전개되는 역사를 그리려 했을 뿐이지.

사마천

역시 지음(知音)이군. 내 마음을 잘 아는 친구일세.

이릉

『사기』에는 어떤 역사가 기록되어 있나?

사마천

중국의 신화 시대인 오제 시대부터 내가 살았던 시대인 한나라
무제 때까지 약 2천 년에 이르는 역사를 기록했네.
내가 '본기'에 진나라 다음 순서에 한나라를 세운 유방을 두지
않고 유방에게 진 항우를 먼저 두었다고 해서 논란이 많았다지.
난 무엇보다 인간의 역사를 쓰고자 했어. 항우는 역사의 패배자
이지만 진나라가 멸망한 뒤 한나라가 자리를 잡기까지 천하를 호
령한 것만은 사실이기 때문에 한나라 앞에 둔 것이야.

이릉

인간의 역사라… 그러고 보니 자네 책에는
재미있는 인물들이 많이 나온다며?

사마천

별별 사람들이 다 나오지. 농사꾼 출신이지만 결국 진나라를 무너뜨린
진섭, 말을 잘해 여섯 나라의 재상을 지낸 소진, 남의 가랑이 밑을 기는
치욕을 당했지만 유방을 도와 한나라를 세운 한신 등. 처음에는 보잘것
없었지만 나중에는 역사를 이끈 사람들이 등장한다네.

이릉

자네, 풍자꾼들에 대해서도 썼다면서?
20세기에 태어났으면 능히 코미디언이 됐을
만한 사람들에 대한 이야기 말일세.

사마천

'열전' 가운데 '골계열전' 말이군. 내 운명이 비참하
다고 해서 나를 우울하게만 보지 말게.
난 인생에서 웃는 것도 중요하다고 생각했네.
또 점쟁이들의 이야기인 '일자열전', '귀책열전'도
지었네. 그뿐인가, 군주에게 아첨하여 권력을 잡았
다가 추락한 사람들의 이야기인 '영행열전', 성공
한 기업가들의 이야기 '화식열전'도 있지.

이릉

자네 책에는 인간 세상 모든 일들이 담겨 있는 것이로구먼.

사마천

이제야 알겠나? 내 책의 위대함을?

이릉

내 예감에 자네는 2천 년이 지나서도 역사의 성인
이라고 불리며 존경받을 것 같아.

사마천

20대 때에 온 나라를 돌아다니며 수집한 자료들과 아버지가
남겨 놓은 자료들을 모아 정리하기 시작했지.
궁형을 당한 뒤 본격적으로 『사기』를 쓰기 시작하여 약 14년
을 매달렸어.
나의 일생은 『사기』를 빼놓고는 이야기할 수 없지.

이릉

그 위대한 역사서 『사기』를 어서
내게 보내 주게. 읽고 싶네.

사마천

사서 읽게.

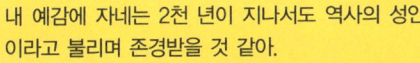

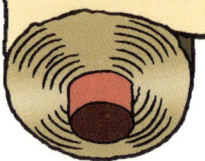

1 매점에서 몰래 빵을 사서 혼자 먹으러 나가는데 걸신 들린 친구들이 좀비처럼 사방을 에워싸고 손을 벌리고 있다. 이 상황에 어울리는 표현은?

  1) 사면초가   2) 사면처가   3) 사면외가   4) 오면나가   5) 냉면추가

2 화장실에서 큰 볼일을 보고 나니 휴지가 없어 당황하고 있는데 문 밖에서는 빨리 나오라고 노크를 해대고 있다. 이 상황에 해당하는 말은?

  1) 설사가또   2) 설마나를   3) 설기현골   4) 설상가상   5) 설렁탕둘

3 오합지졸烏合之卒에서 烏는 어떤 동물을 가리키는가?

  1) 백로   2) 까치   3) 하룻강아지   4) 참새   5) 까마귀

4 용 그림에 눈동자를 그려 넣다, 즉 가장 중요한 부분을 완성시켜 일을 마친다는 의미로 사용되는 말은?

  1) 화룡점정   2) 수고했옹   3) 지드래곤   4) 금룡반점   5) 용가리뼈

5 불철주야不撤晝夜와 관계 깊은 말은?

  1) 밤새지 말란 말이야   2) 피부에게 양보하세요   3) 2% 부족할 때
  4) 나이는 숫자에 불과하다   5) 열심히 일한 당신 떠나라

6 학수고대鶴首苦待의 가장 적절한 표현은?

  1) 목 빠지게 기다렸어   2) 뼈 빠지게 기다렸어
  3) 살 빠지게 기다렸어   4) 간 빠지게 기다렸어
  5) 눈 빠지게 기다렸어

7 우리나라의 건국 이념인 弘益人間을 바르게 쓴 것은?

  1) 투명인간   2) 인조인간   3) 늑대인간   4) 전자인간   5) 홍익인간

8 옛날 중국인들이 생각했던 이상향은?

  1) 만리장성   2) 소림사   3) 아방궁   4) 무릉도원   5) 합기도장

9 낭중지추囊中之錐는 '주머니 속에 들어 있는 (   )'이라는 뜻이다.

  1) 지우개   2) 용돈   3) 쪽지   4) 과자   5) 송곳

10 군계일학群鷄一鶴에 나오는 동물 두 가지는?

  1) 닭과 학   2) 으악새와 눈깜짝할새

  3) 아기물떼새와 신천옹   4) 홍학과 타조

  5) 시조새와 익룡

11 다음 노빈손의 표정 중 천진난만天眞爛漫에 가장 어울리는 것은?

  1)   2)   3)   4)   5)

12 전광석화電光石火와 가장 뜻이 잘 통하는 속담은?

  1) 쥐구멍에도 볕 들 날 있다   2) 구더기 무서워 장 못 담그랴

  3) 번갯불에 콩 볶아 먹기   4) 닭 잡아 먹고 오리발 내민다

  5) 찬물도 위 아래가 있다

13 기진맥진氣盡脈盡한 상태에 해당하는 것은?

  1) 한창 컴퓨터 게임에 빠져 있는 노빈손

  2) 오랜만에 푹 자고 일어난 맹상군

  3) 부모님과 만난 허석희

  4) 점심 먹으러 나가는 말숙이

  5) 지금 막 마라톤 완주를 끝낸 제록수

14 구상유취口尙乳臭는 무슨 냄새가 난다는 것인가?
  1) 땀 냄새   2) 젖비린내   3) 발 고린내   4) 방귀 냄새   5) 겨드랑이 냄새

15 다음 칸 안에 차례로 들어갈 말은?

風前燈火는 (   ) 앞의 (   )이란 뜻으로 매우 위급한 상황을 가리킨다.

  1) 바람, 등불   2) 호랑이, 강아지   3) 폭포, 물방울
  4) 말숙이, 노빈손   5) 눈, 떡

16 연목구어緣木求魚를 한마디로 표현한 것으로 가장 적절한 것은?
  1) 백년손님   2) 백년전쟁   3) 백년하청
  4) 백년 동안   5) 백년해로

17 다음 노빈손의 표정 중 대경실색大驚失色에 가장 잘 어울리는 것은?

1)   2)   3)   4)   5)

18 풀 한 포기 제대로 자라지 않은 척박한 땅은?
  1) 창호지   2) 장백지   3) 불모지   4) 오이지   5) 땅거지

19 어떤 일의 요점만 간단히 함을 비유하는 말은?
  1) 어두일미   2) 마이구미   3) 마이애미
  4) 거두절미   5) 용두사미

20 말숙이에게 어울리는 미사여구는?
  1) 요조숙녀   2) 경국지색   3) 혈기왕성   4) 간지작살   5) 섬섬옥수

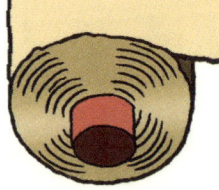

정답이 궁금하니? 난 안가르쳐준다~